www.tredition.de

AF216868

Sophia Casino

Dating, Sex & Mafia

Episoden aus dem Leben einer Single-Frau

www.tredition.de

Verlag und Druck:
tredition GmbH, Halenreie 40-44, 22359 Hamburg

ISBN
Paperback: 978-3-347-21564-1
Hardcover: 978-3-347-21565-8
e-Book: 978-3-347-21566-5

Über dieses Buch

Die Zusammentreffen von Mann und Frau zum Zweck der Beziehungsanbahnung bieten einen unerschöpflichen Fundus an Anekdoten. Ich schreibe aus der Perspektive von Frauen in der Lebensmitte, die lange im Dating-Dschungel herumgeirrt sind. Alle Geschichten sind tatsächlich so oder so ähnlich passiert, teils mir selbst, teils Freundinnen, Kolleginnen und Bekannten. Die Namen sämtlicher Protagonistinnen und Protagonisten habe ich geändert.

Ich wünsche allen Leserinnen und Lesern gute Unterhaltung!

Ihre Sophia Casino

Inhalt

Keine Macht den Drogen!

Männer haben oft einen merkwürdigen Geschmack. Vor allem, was den Stil ihrer Inneneinrichtung betrifft. Ich bin da etwas empfindlich. Zum Beispiel Jasper. Also Jasper ist ein Tierfreund. In seinem Wohnzimmer, das an eine schlampige Studentenbude erinnerte, stand ein Gepard aus Keramik, gelb-schwarz gefleckt, die Mieze, sehr hübsch und komplett unpassend zum Rest der Einrichtung. Irgendwie hatte ich das Gefühl, das Vieh starrt mich immer an, egal, wo ich sitze und hinschaue. Es war wie in diesen Horrorfilmen, in denen die Leute völlig kopflos durch die Gegend rennen und gleichgültig, wo sie sind, immer glotzen irgendwelche fiesen gelben Augen auf sie und sie werden richtig hysterisch.

Um mich zu beruhigen – ich bin nervös und es ist erst unser zweites halb berufliches, halb privates Zusammentreffen – kippe ich erst mal einen Martini Bianco mit Zitrone und Eis; dann, weil er so gut schmeckt, gleich noch einen hinterher. Cheers. Ich vertrage kaum Alkohol. Meist macht er mich weinerlich, was sehr unangenehm ist im Kennenlern-Prozess, manchmal ist die Folge jedoch auch eine lose Zunge. In beiden Fällen ist das Desaster absehbar. Und so sage ich, inzwischen etwas übermütig: „Eh, Jasper, wie sieht es mit Wein aus? Oder was zu rauchen?" In der Ecke steht eine Wasserpfeife; ich denke, wer so ein Teil hat, hat auch Drogen, zumindest Dope, das rieche ich doch 100 Kilometer gegen den Wind. Da kommt der dicke, gestreifte Kater (der echte, lebendige) von Jasper angeschleimt und streicht mir um die Füße und schnurrt und tut so, als könne er mich leiden, das verlogene Biest. Den finde ich ungefähr so sympathisch wie den Pseudo-Panther, der so fiese gelbe Augen hat. Der ist doch als Wohnaccessoire ein absolutes No-Go. Ich würde wirklich gerne beide Katzen mit einem Fußtritt aus der Tür befördern. Aber der Schleimbatzen von Kater versucht auch nur, irgendwie zu überleben, was bei einem Typ wie Jasper vielleicht gar nicht einfach ist. Womöglich gibt der ihm nur irgendwelche Reste zu fressen. Böse Zunge – ich bin gemein. Für meine Vermutung bezüglich der Katzenverköstigung gibt es keinerlei Anhaltspunkte.

Zudem: Katzen sind sehr wählerisch. Die fressen am liebsten Lachs und Tartar. Doch wenn Herrchen oder Frauchen das Zeitliche segnet und unvermittelt tot in der Wohnung rumliegt, werden die auch angeknabbert. Während Wuffi sich noch die Augen aus dem Kopf heult und geplättet neben Herrchen liegt, macht sich Mieze schon über ihren früheren Gastgeber und Dosenöffner her. Das hat zumindest der Wiener Profiler Thomas Müller erzählt, bei dem Christine und ich gerne Psycho-Kriminologie-Tatortseminare besuchen. „Ihr Koater frißt Sie scho, wenn Sie noch woarm sind", meinte der Kriminalpsychologe grinsend, und ich merkte, wie einigen Seminarteilnehmern das Lachen im Hals stecken blieb, während Christine und ich uns lachend auf die Schenkel klopften. Worauf unsere Beliebtheitskurve ins Bodenlose hinabstürzte und wir allein zu Mittag essen mussten, was uns auch nicht weiter störte, weil die anderen Seminarteilnehmer überwiegend Psychologen waren und für irgendwelche Anmachaktionen komplett ungeeignet. Als Partnerin würde man sich sicherlich ständig beobachtet und analysiert vorkommen. Einige Therapeuten behandeln sogar Serienkiller, doch diese sadistischen und psychopathischen Patienten sind einfach völlig durchgeknallt. Die ganze therapeutische Betreuung ist komplett für den Eimer und wehe, wenn die Typen jemals wieder aus der Klapse rauskommen, dann wird fröhlich weitergekillt, während die psychologischen Fachkräfte dumm aus der Wäsche gucken, ratlos in der Nase bohren und ihre falsche Diagnose schönreden. Nee, die sind gar nicht mein Fall. Aber ihre abgedrehten Patienten kriegen körbeweise Liebesbriefe von irgendwelchen verrückten Tussis, die es offensichtlich mal mit einem Frauenschlitzer treiben wollen, unbelievable. Die haben doch echt einen kompletten Sprung in der Schüssel, diese Weiber.

Während ich Gedanken zu Serienkillern wälze, schleppt Jasper also die Wasserpfeife ran, lächelt und sagt: „Gut, dann mal los." Er zerbröselt das Dope, das er – lobpreis, staun, niederknie – aus irgendeiner hübsch bedruckten Blechdose rausgekramt hat. Und dann nuckeln wir abwechselnd an dem Mundstück der Wasserpfeife, das Wasser brodelt nur so vor sich hin. Plötzlich schießt das Blut in meinem Körper nach oben, Füße und Hände sterben ab und mein Kopf explodiert. Mir wird so schwindelig, als hätte jemand die Gleichgewichtsorgane aus meinen Ohren rausoperiert. Ich verfluche mich, dass ich aus Schüchternheit mal wieder zu viel getrunken habe, und das bei einem netten, gut aussehenden Mann. Und dann auch noch etwas geraucht. Dass der THC-Gehalt von Dope heute viel höher ist als in meiner Jugend, hatte sich leider noch nicht zu mir rumgesprochen. Drei Züge, boing, und man ist völlig hinüber. Ich schleppe mich zu Jaspers Sofa. So muss es sich anfühlen, wenn man halb narkotisiert auf dem Operationstisch liegt und die Chirurgen fangen schon an zu schnippeln und man will verzweifelt schreien: „Hört auf!"

Aber man kriegt den Mund keinen Zentimeter auf und weiß, wenn man es nicht bald schafft, sich bemerkbar zu machen, war's das.

Zu allem Überfluss wird Jasper auch noch unerträglich weinerlich, die Memme, er verträgt offensichtlich auch nix, und jammert: „Ich war ja so krank und die Chemo war so schlimm und der einzige, der zu mir hielt, war mein Kater." Drauf geschissen, denke ich, du heulst hier rum, während ich auf deinem Sofa krepiere, dessen bunt gemustertes Design vor meinen Augen tanzt, während du mich nur komisch anschaust. Ich werde sterben und von deinem dämlichen Kater angefressen.

Das will ich auch sagen, aber mein Mund und meine Zunge machen so gar nicht, was ich will. Der Keramik-Gepard stiert zu mir rüber und scheint zu grinsen und zu sagen: „Na, du blöde Kuh, wer zuletzt lacht, lacht am besten." Ich versuche, meine Ballerinen (nette Schühchen, von Unützer, 300 Euro) in Richtung des gelbgefleckten Wohnaccessoires wegzuschlenkern, um ihn zur Raison zu bringen. Doch die Schuhe sitzen fest wie Saugnäpfe an meinen Füßen. Das nenne ich Schuhqualität.

Auch wurscht, denke ich, dann werde ich wenigstens vollständig bekleidet ins Krankenhaus eingeliefert und mache nicht einen völlig derangierten Eindruck, noblesse oblige. Denn meine Mutti sagte schon immer, man muss saubere Unterwäsche tragen, falls man mal einen Unfall hat und ins Krankenhaus kommt. Damit die Schwestern und Ärzte dort nicht der Schlag trifft. Als hätten die keine anderen Sorgen als die Unterwäsche von Notfallpatienten. Anyway. Wenn die schon meine Dessous von Aubade sehen, können modische Edeltreter auch nicht verkehrt sein.

Ich jedenfalls friere auf Jaspers Sofa wie ein Schneider und bibbere vor mich hin und krieche schließlich aus purer Kälte-Verzweiflung zu ihm ins Bett. Jasper fängt an, mich zu streicheln und zu küssen; ich denke mit dem einen Prozent meiner Gehirnzellen, das aktuell funktioniert, na ja, gar nicht mal so schlecht. Er hat nur einen Slip an, der sogar nicht ausnehmend hässlich ist; als Frau bin ich ja Kummer gewöhnt, was die Kleidung drunter und drüber von Männern betrifft. Hier gibt es in der A-Note die 2,5. Er zieht mich ganz langsam aus und ich denke, oh weh, ich war schon zwei Wochen nicht im Fitnessstudio, hoffentlich haben meine Schenkel noch keine Cellulite-Dellen. Und das voll bekifft! Sogar dann haben Frauen Angst vor Cellulite. Das nenn ich pervers. Kein Wunder, dass die Leute heutzutage so wenig vögeln; das liegt angeblich daran, dass sich die meisten Frauen und Männer wegen ihres Körpers genieren, der keine Heidi-Klum- oder Markus-Schenkenberg-Qualitäten hat. Ich sehe schon die Schlagzeilen der Bildzeitung vor mir: **Deutsche sterben aus – zu hässlich!**

Also Jasper ist jedenfalls ganz nett und hat richtig schöne, feste Muskeln und gebräunte Haut und sieht gesund und attraktiv aus. Er scheint sich auch nicht so brennend für meine körperlichen Vor- und Nachteile zu interessieren, sondern will wohl nur ein schnelles, unproblematisches Nümmerchen ergattern. Das ist angesichts meiner monatelangen Abstinenz ganz in meinem Sinne, und da er einen guten Body hat, sehe ich auch großzügig darüber hinweg, dass er kein Kondom benützt. Außerdem ist meine Zunge gelähmt, da kann ich sowieso nicht auf einem bestehen.

Also machen wir ein bisschen rum, aber so richtig in Fahrt kommen wir nicht, denn Dope und Alkohol schaden eindeutig der Libido. Jasper meint: „Kuscheln ist sowieso viel schöner." Und ich denke, seid ihr Typen jetzt alle durchgeknallt? Oder impotent? KUSCHELN. Wenn ich kuscheln will, kraul ich meinen Hund. Doch es ist nix zu machen. Tote Hose. Dann schlafe ich ein. Morgens wache ich auf, weil – wusch-peng – der Kater zwischen uns ins Bett plumpst und mich eifersüchtig anstiert, das blöde Vieh. Ich denke, bloß weg hier, ziehe mich an und radle wie von der Tarantel gestochen davon. Jasper schaut mir traurig hinterher. Es tut mir echt leid. Habs verbockt.

Abends treffe ich mich mit Sandra in der Bar du Nord. Sie ist Domina, kriegt jede Menge Kohle dafür, dass sie den Jungs den Po versohlt und ist auch sonst ganz in Ordnung. Ich erzähle ihr von Jasper. „Den kenn' ich auch", meint sie. Dann guckt sie mich so komisch an und sagt: „Der sucht dringend 'ne Frau, kriegt aber keine, weil der hatte ja mal Hepatitis C. Und jetzt jammert er immer rum wegen seiner Chemo und fährt die Mitleidstour und dann will er immer alles umsonst. So einer ist der, der Blödmann."

Ich werde blass und ziemlich kleinlaut. „Was hatte der? Hepatitis?" frag ich und mir wird ganz schlecht. „Ja, der war todkrank", meint Sandra und schaut wieder so pikiert. Und ich denke, Mist Mist Mist, du bist doch schlimmer als ein hirnloser Teeny, jetzt kriegst du vielleicht Hepatitis und Leberkrebs und kratzt ab wegen so einem Deppen. Und ich fange fast an zu heulen aus Wut und Selbstmitleid und sage zu Sandra: „Ich war mit dem Deppen im Bett und er hat nix gesagt und hat auch kein Kondom benutzt."

Sie guckt mich an wie ein Wesen vom anderen Stern und fragt: „Was fandste denn an dem gut?" Tja, wenn man das immer so wüsste. „War besoffen und bekifft", sage ich lahm als Entschuldigung. Und dann kriege ich eine schöne gepflegte Wut und blökte: „WENN ICH KRANK WERDE NAGEL ICH SEINEN BLÖDEN KATER AN SEINE HAUSTÜR! DANN WEISS ER, WAS SCHMERZEN SIND!"

Die Spesenritter am Tresen in ihren gepflegten Anzügen starren zu uns rüber und Sandra lächelte ihnen zu und sagt zu mir: „Pssst, das soll ja wohl keiner mitkriegen." „DEM NAGEL ICH SEINEN BLÖDEN KATER AN DIE HAUSTÜR" wiederhole ich wie eine tibetanische Gebetsmühle immer wieder und stürze meinen Caipi runter. „Der ist, glaub ich, ja wieder gesund", will Sandra mich beruhigen, aber es hilft nicht und ich suhle mich in Selbstmitleid. „Ich werd' sterben" heule ich rum und bestelle mir noch einen Caipi.

Dann wackeln wir nach Hause. „BEVOR ICH STERBE, NAGEL ICH IHN SAMT SEINEM KATER AN DIE WAND", gröle ich rum. Und Sandra sagt: „Tust du nicht, du stirbst nicht, glaub mir, der ist wieder clean." Mitten in der Nacht google ich noch eine Stunde lang rum und erfahre alles über Hepatitis C. Es ist ansteckender als Aids, na bravo. Das soll mir eine Lehre sein. Ich will nicht sterben. Dann falle ich wie tot ins Bett.

Tags darauf mache ich einen Test. Der ist glücklicherweise negativ. Schwein gehabt.

Einige Wochen später treffe ich Sandra. Sie sagt: „Der Jasper ist tot."

Ich fühle, wie mir das Blut aus dem Kopf in die Beine rauscht. „Zuerst haben sie ihn bedroht und sein Auto abgefackelt, dann hat er wohl zu viel genommen."

Ich setze mich auf ihr Sofa. Mir ist schlecht. „Was denn genommen?" frage ich entsetzt. „Na was wohl", entgegnet Sandra. „Aspirin, du Dussel!" Ich gucke blöde. „Der war ein Drogi!" schnaubt sie empört. „Das hast du doch mitbekommen, wenn ich mich richtig erinnere."

„Aber wer hat sein Auto abgefackelt?" frage ich und kann es immer noch nicht glauben.

„Rotlicht. St. Pauli. Irgendwelche Osteuropäer. Ost-Mafia. Die wollten seine Website und seine Kontakte zu den Nutten, die bei ihm inserieren."

„Hä?" Ich verstehe immer noch nichts.

„Seine Nutten-Seite. Die wollten die Domain. Und die Kontakte. Und er wollte sie ihnen nicht geben, da hat er wohl zu hoch gepokert."

Meine Güte, was so alles passieren kann. Ich muss unbedingt vorsichtiger sein. Vor allem im Hinblick auf Männerbekanntschaften. Jasper tut mir leid, aber irgendwie hatte er sich das ja wohl selbst eingebrockt. Gut, dass ich da ohne Blessuren rausgekommen bin. Hoffentlich denken diese Mafiosi nicht, dass ich da irgendwie mit drinhänge. Vielleicht sollte ich mir eine Waffe zulegen. Nur so, für alle Fälle.

Blümchensex

„Shades of Grey" hin oder her, angeblich wollen die meisten Frauen Blümchensex. Aber eben nicht alle. Mein Kumpel Helmut zum Beispiel wurde kürzlich von einem dezenten Hinweis seiner soeben aufgerissenen Schnecke überrascht, die in seinem gepflegten Junggesellen-Appartement (großes Bett, großer Fernseher, große Stereoanlage, großer Berg mit schmutzigem Geschirr) vor ihm mit dem Hintern und den Titten wackelte. Die Dame meinte zuckersüß, dass sie nicht so auf Blümchensex stehe. Potzblitz. Damit wusste Helmut nun gar nichts anzufangen und hat auf die weiteren praktischen Recherchen lieber verzichtet, aus purer Angst, er könnte etwas völlig Falsches machen. Irgendwie hatte sich sogar zu ihm rumgesprochen, dass es heute nicht mehr opportun ist, die sexuellen Wünsche von Frauen zu ignorieren.

Er hatte aber leider immer noch eindeutige Schwächen in der Interpretation derartiger Äußerungen. Also statt einfach mal loszulegen (beliebtes Motto: „Wird schon schief gehen"), goss er sich tierisch einen hinter die Binde, drehte seine Stereoanlage bis zum Anschlag auf, fiel ins alkoholische Koma und merkte nicht, dass die Nachbarn die Polizei holten. Die Bullen trommelten an seine Wohnungstür, brachen sie schließlich auf und führten ihn samt seiner hysterisch kreischenden, halbnackten Blümchensex-Bekanntschaft ab, die sich aus Frust auch ordentlich einen eingeschenkt hatte und neben ihm schnarchend eingeschlafen war. Was aus ihr wurde, ist nicht bekannt. Es kam zu keinem weiteren Date. Helmut schlief in der Ausnüchterungszelle weiter und träumte von Blumen und Sex mit drei Frauen.

Ein paar Tage später fragte er uns (nachdem er sich mit mehreren Ramazotti Mut angetrunken hatte), was seine Kurz-Bekanntschaft mit „kein Blümchensex" denn gemeint haben könnte. Annette erklärte: „Na ja, etwas härter halt, nicht so auf die sanfte Tour." „Was heißt denn hier härter", bohrte Helmut nach, „etwa nicht küssen, sondern hauen?" „Es muss ja nicht gleich hauen sein", erklärte ihm Annette, „mehr so festhalten und die Kleider runterreißen. So mit Leidenschaft. Das mögen Frauen." Au weia. Jetzt schaute Annettes Freund Bernd aber ganz irritiert aus. „Wie bitte?" schnauzte er. „Das mögt ihr? Ihr beschwert euch doch immer, wenn wir zu schnell zur Sache kommen wollen! HAB ICH WAS FALSCH GEMACHT? Soll ich dir deine teuren Fummel vom Leib reißen oder was? Du kriegst doch schon einen Anfall, wenn dir von deinem Gucci-Teil ein Knopf abfällt!" Die Stimmung wurde gereizter. Am Nachbartisch kriegten sie lange Ohren.

„Nein", versuchte Gabi dann Annette zu helfen, „ihr müsst ja nicht gleich alles kaputt machen. Aber ein Mann kann doch abends einfach mal mit einer Flasche Schampus heimkommen, gierig gucken und sagen: „Ich will dich, jetzt sofort", und die Frau dann an den Handgelenken packen und aufs Sofa werfen und ein bisschen beißen und so." „Ja, und dann den Slip mit den Zähnen runterziehen und Schampus in den Bauchnabel gießen, rausschlürfen und schmutzige Sachen sagen und so", ergänzte Annette.

„Wie schmutzig? DAS GLAUB ICH JA NICHT", brüllte Bernd, „soll'n wir euch als Schlampen beschimpfen oder was? Wo sonst immer bloß Liebling hier und Schatzi da gefragt ist und wenn wir eben mal an die Titten fassen, gibt es schon Ärger?" „Na ja", meinte Annette, „kommt drauf an, also wenn wir gestresst sind, dann bitte

Blümchensex mit schmusen und streicheln, aber manchmal eben auch heftig, damit es nicht langweilig wird."
„Scheiße", zischte Bernd, „unser Sex ist also langweilig? Und warum erfahre ich das jetzt erst? Jetzt hör mal zu, wir gehen jetzt sofort nach Hause und ich schmeiß dich auf das verdammte Sofa und zerbeiß dir deinen verdammten Slip und ein verdammter Schampus steht auch noch im Kühlschrank!"

Irgendwie war jetzt die Stimmung im Eimer. Wir saßen stumm rum und stierten in unsere Gläser. Die Gäste am Nachbartisch grinsten. Schade, der Abend hatte so lustig angefangen.

Männer und Frauen passen nicht zusammen. Außer in der Mitte. Meinte Loriot. Er hat sich geirrt.

Mann mit Hund

Singles mit lebendem Haustier (nicht aus Keramik oder Plüsch!), vorzugsweise mit Hund, gelten als beliebter und leichter vermittelbar als jene Mitmenschen, die sich ohne derartige Unterstützung auf Partnersuche begeben. Oder begeben müssen – etwa, weil sie eine ausgewachsene Tierhaarallergie haben. Doch auch ein Hund ist nicht ohne weiteres ein Erfolgsgarant. Weder für Herrchen oder Frauchen noch für das Objekt der Begierde, das unter Umständen gegen starke Konkurrenz antritt. Und man muss betonen, dass es – leider, leider – auch unter den Haustierhaltern eine Menge äußerst verschrobener Exemplare gibt. Auch ich habe mich schon mehrfach gefragt, ob ich eine Art unsichtbaren Stempel auf der Stirn trage mit der Aufforderung „Spinner bitte zu mir, gerne mit Haustier".

Besonders interessant wird es, wenn der Tierhalter auch noch Lyriker ist. Wie Frank. Der hat sich in seinem Internet-Selbstportrait nicht im üblichen Sinne – Größe, Alter etc. – vorgestellt, sondern nur eine Art dadaistisches Gedicht geschrieben. Toll! Sehr originell!

Mein Hund

mein armer Hund

Einsamkeit nachts

Ich komm zu dir

wenn der Berglöwe brüllt

auf meinem Wagen

Neben dem Gedicht hat er ein Foto platziert, wo er mit fliegenden dunklen Locken und offenem Hemd samt behaarter Brust in einem Motorboot über einen See braust.

Also das ist ja echt schrill, denke ich. Was will der denn mit seinem Hund? Und dem Berglöwen? Und warum präsentiert er sich auf einem Motorboot? Und warum rätsle ich hier herum?

Er will mich kennenlernen. Wir vereinbaren ein Date beim Italiener. Er will einen Hundesitter organisieren. Mein Aufwand beschränkt sich aufs Aufbrezeln: Edel-Jeans, weiße Bluse, auffällige Edelsteinkette, grüne Sling-Pumps.

Ich setze mich an die Bar, bestelle einen Aperol Spritz und schäkere mit dem Barkeeper. Inzwischen ist ein Herr eingetroffen, der sich weit entfernt von mir an die Bar setzt und zu mir herüberstarrt. Er schaut etwas entrückt. Als hätte er etwas geraucht. Und ich rede hier nicht von Zigaretten. Schließlich wird es mir zu dumm, ich gehe zu ihm rüber und frage: „Bist du Frank?" Und er sagt: „Ja." Und ich frage: „ Warum meldest du dich dann nicht bei mir?" Doch er grinst nur so komisch, rückt an meine Seite und bestellt sich ein Bier. Und schweigt.

Ich denke, das kann ja heiter werden, was andere zu viel sabbeln, redet der zu wenig. Was ist das denn für ein Freak. Ich betrachte sein Outfit. Der liebe Frank hat eine völlig versiffte Nylon-Jacke an, so ein Teil, das man vor Jahrzehnten auf Radtouren mit dem Sportverein angezogen hat, aber wirklich nur im äußersten Notfall.

Dann wird er plötzlich leutselig und fragt: „Kennst du Hilary Mantel?" Ich sage wahrheitsgemäß: „Ich weiß, dass sie historische Romane schreibt, zwei Mal den Booker Prize bekommen hat und ich habe angefangen, *Wölfe* zu lesen, aber dafür braucht man echt viel Zeit." Und Frank sagt: „Schade, ich liebe Hilary Mantel." Und ich sage: „Da kann man wohl nichts machen." Und Frank sagt: „Ich habe Hilary Mantel in England besucht, weil ich über sie promoviert habe." Dann frage ich Frank: „Und wie ist es da so in Südengland, wo sie lebt?" Denn mir war eben wieder eingefallen, dass ich mal gelesen hatte, sie habe sich einen Kindheitstraum erfüllt und sei nach Devon gezogen. Und Frank sagt nur: „Es ist ganz schön da."

Dann überlege ich, dass ich vielleicht von meinen Reisen erzählen könnte. Ich fange an: „Ich fliege gerne nach Asien. Wo warst du sonst noch so?" Er sagt: „In Südamerika, da habe ich den *Sendero Luminoso* besucht." Aha, denke ich, jetzt will er wohl meine Allgemeinbildung testen und rausfinden, ob ich weiß, was der *Sendero Luminoso* ist. Nämlich die maoistische Guerillaorganisation *Leuchtender Pfad* in Peru. Ich schaue ihn triumphierend an und sage boshaft: „Aha, damals beim *Leuchtenden Pfad* hattest du wohl auch diese Jacke an." Es war ironisch gemeint, aber er nimmt es komplett ernst und sagt: „Ja genau, diese Jacke hatte ich da an, in den Anden." Und ich denke, oh je, so ein verhinderter Revoluzzer.

Dann kommt glücklicherweise der Ober und führt uns zu unserem Tisch. Ich bestelle ein Kalbsschnitzel und Frank Spaghetti mit Meeresfrüchten. Wir essen schweigend. Irgendwie fällt mir überhaupt kein Thema für unsere Konversation ein. Es interessiert mich nicht die Bohne, warum er mit den Guerilleros in den Anden rumgestiefelt ist und dabei diese fürchterliche Jacke anhatte. Also sage ich nichts. Ich überlege, warum ich bei maulfaulen Typen eigentlich immer die Entertainerin geben soll. Warum reden Männer entweder ständig oder gar nicht? Und warum können sich die meisten nicht ordentlich anziehen? Am Nebentisch sitzen zwei Frauen um die 60, total aufgedonnert, mit jeder Menge Goldschmuck und Make-up. Sie beobachten uns und überlegen wohl, warum wir hier sitzen, auf unseren Tellern rumstochern und schweigen. Ich schaue giftig zurück und ziehe meine rechte Augenbraue hoch, um ihnen zu zeigen, dass ich ihre Neugierde unmöglich finde. Meine Laune nähert sich dem absoluten Nullpunkt.

Schließlich sagt Frank: „Ich habe gestern ein Seminar an der Uni gegeben über Hilary Mantel." Jetzt bin ich noch gereizter. Aber als höflicher Mensch antworte ich: „So, das ist ja interessant, wie viele Studenten waren denn da? Und über welches Thema habt ihr gesprochen, ich meine, über bestimmte Textstellen oder den geschichtlichen Hintergrund?" Und Frank sagt: „Wir haben über die *Falken* geredet. Ich habe erzählt, dass ich Hilary Mantel in England besucht habe."

Dann sage ich schnippisch: „Hattest du bei dem Seminar auch diese Jacke an?" Dabei meldet sich bei mir ein akuter Fluchtreflex und ich denke, ich will hier weg. Und er sagt: „Ja, die ziehe ich immer an, wenn es um den *Sendero Luminoso* geht oder um Literatur." Darauf sage ich: „Und bei Dates. Also hast du sie ja die ganze Zeit an." Worauf er mich beleidigt anschaut und in seinen Nudeln rumrührt. Dann bestellt er sich noch einen Wein, ohne mich zu fragen, ob ich auch gerne ein Glas trinken würde. Ich sage zu ihm: „Ich würde gerne gehen", und dem Ober rufe ich zu: „Zahlen bitte." Zu Frank sage ich: „Wir können ja halbehalbe machen."

Ich denke, das ist ein eindeutiges Signal, dass wir wohl keine gemeinsame Zukunft haben. Doch als wir das Restaurant verlassen, kommt er einfach hinter mir her gedackelt. Ich bin so verblüfft, dass ich gar nichts sagen kann. Ich denke nur, jetzt bin ich mal gespannt, was der macht. Und er läuft einfach immer weiter hinter mir her, durch die Eingangstür in meinem Wohnhaus, das Treppenhaus hoch bis in meine Wohnung. Dort schaut er sich um und fragt: „Hast du noch was zu trinken?" Ich öffne eine Flasche Rotwein und er stürzt gleich zwei Gläser nacheinander hinunter. Ich trinke nichts. Dann fragt er: „Wo ist das Bad?" Und ich denke, er will zur Toilette. Aber er kommt zurück und hat sich schon bis auf die Unterwäsche ausgezogen.

Da denke ich, jetzt trifft mich gleich der Schlag. Er hat so Feinripp-Unterhosen mit Eingriff an und ein dazu passendes Feinripp-Unterhemd. Beide Teile sehen aus, als hätte er sie auch schon damals beim *Leuchtenden Pfad* angehabt. Und dann hat er Stützstrümpfe an, so hässliche graubraune Wickeldinger. Und er sagt: „Ich habe Krampfadern."

Ich schaue ihn konsterniert an und kann auf einmal gar nichts mehr sagen. Wahrscheinlich versteht man das nicht, ohne so was erlebt zu haben. Aber es gibt Situationen, die völlig daneben sind und trotzdem kommt man da nicht mehr raus. Ich fühle mich dann wie im Kino, so als würde ich mich und andere Menschen von weitem betrachten und hätte mit dem ganzen absurden Zeug, was ich sehe, gar nichts zu tun. Das kann ganz praktisch sein; beim neurolinguistischen Programmieren nennt man das Dissoziation. Damit hat mich Wolfgang von meiner Flugangst kuriert, wofür ich ihm ewig dankbar sein werde. Also ich beherrsche das Dissoziieren in unangenehmen Situationen inzwischen wirklich gut. Dann denke ich nur, wow, das ist ja schrill, wer sich bloß so was ausdenkt! Aber es ist gar nicht ausgedacht, sondern im wahrsten Wortsinne die nackte und unglaubliche Realität, und ich bin mittendrin, so wie bei der Frank-Geschichte.

Dabei hätte ich nur sagen müssen: „Hast du einen Knall? Zieh dich wieder an und verschwinde, sonst fange ich an zu schreien, bis mich sogar die Kämpfer des *Sendero Luminoso* hören." Doch das mache ich nicht. Kaum zu glauben, aber ich gehe ins Bad, putze meine Zähne und gehe dann ins Schlafzimmer, wo Frank es sich schon im Bett gemütlich gemacht hat. Ich denke nur, was machst du da, du blöde Kuh, schmeiß den Typen raus. Stattdessen lege ich mich auch ins Bett. Ich habe Angst, dass er doch noch mit dem Auto nach Hause fährt. Ich denke, der ist ja stramm, der kann nicht mehr fahren, und wenn er jemanden totfährt, bin ich auch noch Schuld. Bestimmt kann der auch gar nicht mehr vögeln, also don't panic.

Doch er fängt an, mich zu küssen und zu streicheln, und ich grabbele auch irgendwie an ihm rum, aber es tut sich glücklicherweise nichts. Sein Teil ist so tot wie die Kämpfer des *Sendero Luminoso* samt Mao und Che Guevara.

Weil diese Situation aber so blöde ist, und weil ich es weder mag noch gewohnt bin, dass jemand neben mir liegt, kann ich nicht einschlafen. Dann fängt er auch noch an zu schnarchen. Ich habe echt einen Hass auf ihn und vor allem auf mich selbst und rede mir ins Gewissen, wie kannst du nur so etwas machen, das ist doch völlig Banane.

Dann stehe ich auf und schaue mir im Fernsehen einen uralten Western an.

Leider kann ich mich aber gar nicht richtig auf den Film konzentrieren, sondern muss die ganze Zeit an diese fürchterlichen Unterhosen und die Stützstrümpfe denken. Dann krame ich einen uralten Artikel aus meinem Archiv raus, der in dem Wirtschaftsmagazin *Brand Eins* stand. Dort wurde von einem Revival der Firma *Schießer* berichtet, ihres Zeichens Erfinderin des Doppelripps, und dass *Schießer* eine Retro-Kollektion von seinen Buxen und Hemden aufgelegt hat, die man vor Jahren auf Trendmessen und in der Modebibel *Vogue* bestaunen konnte. Kein Wunder, so *Brand Eins*, denn diese „eher zugeknöpfte Wäsche verströmt in einer oversexten Gesellschaft einen ganz eigenen Reiz." Aber nicht Reiz genug offensichtlich, denn erstens tut sich bei Frank nix, und zweitens ist meine Libido auch unter null. Und *Schiesser* ging trotz der hippen Rippen pleite und wurde an ein israelisches Unternehmen verkauft. Besonders gut läuft allerdings immer noch die Retro-Linie. Kein Wunder. Von jeder Plakatwand und aus jedem Werbespot kommen uns die Nackten entgegen. Vielleicht sehnen wir uns manchmal nach der guten alten, verklemmten Zeit, kaufen deshalb den überteuerten Kram von *Manufactum* und jetzt auch noch die Feinripp-Retro-Wäsche. Allerdings sind die Teile von Frank definitiv kein Revival, sondern original alt und ausgeleiert, und damit völlig indiskutabel.

Dann stoße ich zufällig noch auf einen weiteren, vor ewigen Zeiten archivierten Artikel, und zwar aus dem schwulen-Magazin *Hinnerk*. Für die Strecke hat ein Fotograf eine Menge in jeder Hinsicht gut gebaute, süße, schwule Jungs in blütenweißer Feinrippunterwäsche fotografiert. Sie sehen wirklich sexy aus und ich überlege, Mist, warum treffe ich keine solchen Typen? Warum sind viele hübsche Männer schwul? Oder gibt es auch eine Menge hässliche Schwule, die sich aber gar nicht auf die Straße trauen, weil die Schwulen-Community ja bekanntermaßen ziemlich gnadenlos ist, wenn ein Typ nicht gut aussieht?

Deshalb haben sie wohl die Dark Rooms, wo sie wild durcheinander vögeln, ohne sich ansehen zu müssen. Und ich stelle mir vor, wie sie sich hinterher ihre Jacke so halb über den Kopf ziehen, wie die Typen, die man in den Nachrichten sieht, wenn sie verhaftet oder in den Gerichtssaal geführt werden, und verkrümeln sich. Das hat immerhin den Vorteil, dass es keine peinlichen Wiedersehens-Szenen in der Kneipe oder so gibt, wo man dann denkt, oh je, mit dem war ich mal im Bett, hoffentlich spricht er mich nicht an, Asche auf mein Haupt.

Nach diesen anstrengenden Überlegungen ist es drei Uhr in der Früh. Ich schlurfe wieder ins Schlafzimmer, lege mich ins Bett und bin gerade eingeschlafen, als plötzlich gnadenlos laut ein Wecker losschrillt. Ich schrecke auf und schreie. Frank springt aus dem Bett, tackert auf seinem Handy herum, zischt ununterbrochen „Mist, Mist, Mist!", stolpert über seine Schuhe und schreit schließlich: „Scheiße, mein Fuß!" Dann schnappt er sich seine Klamotten, rennt ins Bad und brüllt: „Ich muss zu meinem Hund! Mein Hund ist ganz allein!" Und ich rufe ihm stinksauer hinterher: „Wegen deiner blöden Töle weckst du mich mitten in der Nacht auf? Hast du sie noch alle?" Doch er reagiert darauf gar nicht, sondern steht schon zwei Minuten nach dem Weckerklingeln startbereit im Flur. Ich stehe völlig zerknautscht mit wirren Haaren im

Bademantel vor ihm. Er will mir einen Kuss geben, aber ich drehe mich weg und sage: „Tschüß denn."

Dann prescht er los Richtung Heimat. Ich lege mich gleich hin und kann prima schlafen und schwöre mir, dass nie mehr ein Mann für die ganze Nacht in mein Schlafzimmer kommt. Und auch nicht für die halbe. Zumindest keiner mit Feinripp und Stützstrümpfen und Hunde-Tick.

Um 10 Uhr stehe ich auf. Da hat er mir schon eine E-Mail geschrieben: „Du warst so kalt, das kann ich nicht leiden, wir haben keine gemeinsame Zukunft." Ganz genau, mein Lieber, wir hatten auch noch nie eine, denn du bist mir eindeutig zu skurril, und mit verquasten Literaten-Epigonen habe ich gar nichts am Hut.

Dann denke ich – typisch Frau – darüber nach, ob ich derartige Erlebnisse irgendwie provoziere oder ob ich nur den Eindruck habe, dass sie merkwürdig sind und in Wirklichkeit sind sie bei vielen anderen Menschen auch an der Tagesordnung. Stimmt mein Eindruck, dass die meisten Menschen merkwürdig sind? Oder sogar verrückt? Vielleicht leide ich auch nur unter dem Geisterfahrer-Syndrom und tausend Leute denken dasselbe von mir und sagen hinter meinem Rücken: „Eh, die Alte ist völlig durchgeknallt!". Und wenn schon, sollen sie denken, was sie wollen, ist mir auch schnuppe.

Sind wir alle Hochstapler?

Während Frauen sich im Spiegel immer überkritisch beäugen, erscheint für Männer dort grundsätzlich George Clooney. Wobei Männer, so die Erfahrung, vielfach dauerhaft an ihre eigene Lebenslüge glauben und diese vor allem im Internet zu einer Scheinexistenz aufhübschen. Wie sonst könnte es sein, dass mir diverse Dating-Kandidaten in ebenso blumigen wie überzeugenden Worten ihr attraktives Äußeres schildern, sich dann in der Realität aber als Pillhuhn mit einem kleinen, schütter beflaumten Köpfchen oder als Schnitzelvernichter mit Obelix-Figur entpuppen? Hoffen sie, ich sei blind? Oder haben sie eine Wahrnehmungsstörung?

Der Euphemismus als Lebensprinzip: Das Internet bietet uns eine Neben-Realität, in die sich wunderbar geschönte Existenzen integrieren lassen. Die Gründerin des *Instituts für Demoskopie Allensbach*, Elisabeth Noelle-Neumann, nannte einen derart geschönten Umgang mit der Realität „Legendenbildung". Diese sei äußerst menschlich und werde betrieben, um das eigene Schicksal überhaupt ertragen zu können. Alleingelassen mit der harten Realität würden sich viele Herren der Schöpfung wohl selbst die Kugel geben. Da hat *Fit for Fun* das männliche Geschlecht auch nicht viel weiter gebracht.

Frauen hingegen betrügen sich nicht selbst in punkto eigener Attraktivität. Sie werden sowieso zeitlebens mit unerreichbaren Idealen konfrontiert, da wird eher ständig an der Perfektionierung gearbeitet – notfalls per Instagram und Photoshop – als in die eigene Tasche gelogen. Obwohl der Selbstbetrug schließlich doch beide Geschlechter betrifft. Liebe sei eine Konsenshalluzination, ähnlich wie der Cyberspace, so die Analyse der Germanistikprofessorin Ulrike Landfester, die sich unter anderem auf den Soziologen Niklas Luhmann und sein Werk *Liebe als Passion* bezieht.

Danach ist Liebe kein Gefühl, sondern ein Kommunikationsmittel, das sich über die Jahrhunderte verändert und uns besser ermöglicht, über intime Gegebenheiten unseres Lebens zu kommunizieren. Das heißt: Die Partner verständigen sich auf das hypothetische Konstrukt *Wir sind ein Liebespaar, weil wir uns so wahnsinnig lieben*, um überhaupt eine Minimum an lebensnotwendiger zwischenmenschlicher Intimität herstellen zu können, eine Art Parallelwelt neben unserer Realität. Neben! Nicht in.

Wir erschaffen uns äußerlich und innerlich neu, konstruieren eine Person, die wir gerne wären. Und die dazu passende, romantisch verklärte Welt. Die Liebe in Zeiten des und im Cyberspace, das ist dann die Halluzination der Halluzination, der gemeinsame Selbstbetrug in Potenz. Der im Übrigen unterstützt wird durch eine riesige Bewusstseinsindustrie, die uns all das verkauft, was unsere Konsenshalluzination beflügelt. Kaviarcremes und Nasenoperationen, Push-Up-BHs, Sportwagen und Fitnessstudios.

Die Hochstapelei im Netz ist natürlich weder neu noch singulär. Oder glaubt hier etwa jemand, dass der „echte Gentleman aus den allerersten Finanzkreisen" und das „bildhübsche, mehrsprachige Geschöpf mit Millionenvermögen" aus den einschlägigen Inseraten diverser Printmedien tatsächlich so existieren? Und dass wir diese Traumsingles nur deshalb nicht treffen, weil wir nicht ständig in Kitzbühel oder Marbella rumhängen? Die euphemistische Umschreibung gehört zu jeder Werbung in jedem Business. Da kann es eben mal vorkommen, dass der „Professor mit Yacht und Zweitwohnsitz am Chiemsee" sich als gewalttätiger Alkoholiker entpuppt, aus dessen marodem Holzkahn (Yacht?) frau Wasser schöpfen muss, bis die Finger bluten, um schließlich völlig erledigt in das Feldbett des Schlafsaals im Segelclub (Zweitwohnsitz?) zu fallen. Und das nur, weil sie auf die blumige Anzeige reingefallen ist und für die vage Hoffnung auf the one and only samt Yacht und weiteren erhofften Annehmlichkeiten 10.000 Euro an die internationale Partnervermittlung Sümpf und Kies bezahlt hat.

Dabei wäre es doch so einfach, die schlimmsten Enttäuschungen schon im Vorfeld abzubiegen:

1. Glaub an das, was du siehst.

2. Vertrau auf dein Bauchgefühl.

2. Wenn du ein schummriges Gefühl des Misstrauens spürst, finde die Ursache.

4. Erlaubt sind alle Recherche-Methoden, die du bezahlen und organisieren kannst.

Bei Kandidat Erich hat sich diese Vorgehensweise jedenfalls bewährt. Er rauschte mit einem 100.000-Euro-Schlitten an. Kleiner Schönheitsfehler: Gegen ihn liefen mehrere Haftandrohungen wegen Nichtabgabe der eidesstattlichen Versicherung. Der Typ war megapleite und zudem ein Betrüger vor dem Herrn. Warum ich das rausgefunden habe? Ich hatte gleich so ein komisches Gefühl.

Sein Internetauftritt war beeindruckend. Aber er konnte den Luxusschlitten kaum einparken, woraus ich messerscharf schloss, dass es sich nicht um sein eigenes Auto handeln konnte. Welcher Mann kann sein neues Lieblingsspielzeug nicht ruckizucki bedienen? Eben.

Wie ich meinen Verdacht verifizierte? Mit Hilfe meines guten Kumpels Carl. Carl ist Mitglied bei der Creditreform. Dieser Verein ist übrigens sehr zu empfehlen, um zu erfahren, wie es um die Finanzen der Kandidaten (Frauen versuchen ein größeres Vermögen eher zu verheimlichen) im Partnersuchroulette bestellt ist: Ist er so reich, wie er tut? Oder ist er eher der Typ *mongolischer Fürst*, dem meine über beide Ohren verliebte Freundin Birgit in dessen raue Steppenheimat folgte? Wo sich dann rausstellte, dass der Reichtum des Mongolen aus ein paar hundert Ziegen und struppigen Pferden bestand, aber leider keinen fürstlichen Palast samt Juwelen einschloss? Nach einem Winter bibbern im zugigen Ziegenzelt und einer unfreiwilligen Zwiebel-Diät kam Birgit reumütig zurück.

Nein, nein – nur nicht alles glauben. Die Erfahrung aus diversen persönlichen Pleiten sowie jenen von zahlreichen Freundinnen hat mich immerhin davor bewahrt, mit dem dickbäuchigen Mercedes-Erich auf die Bermudas zu fliegen, wo er das Schwarzgeld aus seinen Chinageschäften deponieren wollte. Sicherlich wären wir an irgendeinem Flughafen zwischen Frankfurt und Hamilton verhaftet worden. Oder womöglich hätte uns ein fragwürdiger Geschäftspartner erschossen. Als Juristin glaube ich prinzipiell an das Schlechte im Menschen und neige zu Katastrophenszenarien. Da muss ich nicht dabei sein. Erichs dämliche Hasenfigur-Taschenlampe, ein Geschenk aus seinem Supermarkt-Sortiment, habe ich gleich weggeschmissen.

Die hat so wenig funktioniert wie seine Internet-Legende. Die Riesenflasche des Parfums *Opium* von *Yves Saint Laurent*, die er mir aus einem Duty-free-Shop in Singapur mitgebracht hat, war dagegen erstaunlicherweise echt. Mit dem Duft fühle ich mich trotz der Erich-Pleite wie *Erica Yong* in ihrem Bestseller *Angst vorm Fliegen*, in dem sie die erotisierende Wirkung des Duft-Klassikers beschrieben hat: einfach unwiderstehlich. So ist das mit den persönlichen Legenden. Also mein Lieblingsparfum werde ich wegen dem Typen nicht wechseln. Und – ein schönes Leben noch, Erich! Wo immer du auch seine magst – auf den Bermudas, in St. Quentin oder in Santa Fu.

Fertig aus, Nikolaus

Noch nie gab es so viele Möglichkeiten, sich einem potenziellen Partner zu nähern wie heute. Online-Börsen für feste Partnerschaften, Freizeitgestaltung oder für Sex, Printanzeigen in Zeitungen und Magazinen, Vermittlungs-Agenturen… Wobei moderne Online-Medien – teure, seriös auftretende wie *Parship* und *Elite Partner* ebenso wie dieses Wisch-Ding *Tinder* – entscheidende Vorteile haben. So kann man/frau beim Telefon- und Mailaustausch zum Beispiel feststellen, ob das Gegenüber der deutschen Sprache in Wort und Schrift mächtig ist und sich einigermaßen Mühe gibt bei der Kontaktaufnahme. Wer da schon schlampig agiert, wird sich kaum anstrengen in einer späteren Beziehung.

Andererseits sind natürlich wolkige, pseudoromantische Berichte keine Erfolgsgarantie. Auch das himmelhohe Jauchzen angesichts meiner an sie verschickten Fotos hat einige Herren nicht davon abgehalten, später nun ausgerechnet an meinem gelungenen und von verschiedener – durchaus auch professioneller – Seite vielfach gelobten Äußeren herumzumäkeln. In diesem Zusammenhang fällt mir das alte, aber immer noch aktuelle Sprichwort vom Glashaus und dem Steinewerfer ein; auf meine Situation übertragen kann ich nur sagen, wer selbst einen Bierbauch und einen deutlichen Hang zur Glatze hat, sollte sich nicht über die Mini-Röllchen an meiner Hüfte beschweren. Doch es ist immer wieder frappierend, wie stark die Selbstdarstellung bestimmter Herren und deren tatsächliche Erscheinung auseinanderklaffen. So wie bei Manfred. Manfred hat sich auf meine Anzeige gemeldet. Sie war in etwa so formuliert:

„Frau in den 40ern sucht repräsentativen, großen Begleiter für private und geschäftliche Events sowie für schöne Stunden zu zweit."

Manfred fühlte sich angesprochen, weil er, so seine telefonische Erläuterung, mehrfach von weiblicher Seite für sein attraktives Äußeres, seinen Charme und sinnlichen Mund sowie seine Qualitäten als Liebhaber gelobt worden sei. Und auch er, so die Aussage, wünsche sich angenehme Stunden zu zweit. Nun gut. Über den Inhalt respektive die genaue Ausgestaltung besagter schöner Stunden wurde am Telefon nicht konkret gesprochen. Es schwang jedoch bei uns beiden immer ein leicht aufgeheiztes Timbre mit, was die Möglichkeit einschloss, „dass wir vielleicht unvermutet plötzlich übereinander herfallen" (O-Ton Manfred).

Befördert wurde diese Spekulation durch die Tatsache, dass wir uns am kommenden Sonntagnachmittag treffen wollten, für den hochsommerliche Temperaturen von deutlich über 30 Grad prognostiziert wurden. Da Hitze auch die Hormone und damit die Libido anregt, schien einem Lazy Sunday Afternoon mit abschließenden schweißtreibenden Sexspielen nichts mehr im Weg zu stehen. Doch zunächst wollten wir einen kleinen Spaziergang machen, um uns vor dem Austausch von Körperflüssigkeiten und vor dem Übereinanderherfallen erst mal zu beschnuppern. Treffpunkt ist eine Statue im Park.

Ich: scharz-weiß gemusterter Baumwollrock, enges schwarzes Top, schwarze Espandrilles, Gucci-Sonnenbrille; insgesamt ein hochsommerlich-verspieltes Ensemble im Retro-Stil.

Er: grauer Anzug mit Weste, konservativ, nicht spritzig-fesch. Dazu rosa Hemd, Krawatte, Business-Schuhe;

insgesamt angesichts der Temperaturen und Location eindeutig overdressed und daher daneben.

Man kann natürlich die Ansicht vertreten, wenn alle anderen Menschen bei 35 Grad Celsius in Shorts und Sommerkleidchen rumlaufen, müsse man das selbst noch lange nicht tun.

Andererseits darf man sich dann nicht wundern, wenn das Gegenüber – zumal wenn es sich um eine Frau handelt, die man rumkriegen will – zumindest irritiert reagiert. Wie ich. Doch ich kann leicht die Contenance wahren, denn meine Grundeinstellung folgt der Zuversicht, dass Gottes Paradiesgarten groß ist und fast jeder da irgendwo sein Plätzchen findet. Auch Typen wie Manfred, die mitten im Hochsommer am Sonntagnachmittag bei einem Date ein komplettes Business-Outfit tragen.

Deutlich negativer fällt da schon ins Gewicht, wenn der Herr (also Manfred) zwar groß und schlank (um nicht zu sagen: spirrelig) ist, aber dann doch von der gesamten Physiognomie her nicht den eigenen Beschreibungen und schon gar nicht den Hoffnungen der Dating-Partnerin entspricht. So entpuppt sich die angekündigte volle Haarpracht als ein Büschel von Flusen, das offensichtlich mühsam mittels Fön aufgeblasen worden ist und nun von einem kleinen, vogelähnlichen Köpfchen absteht. Der „erotische Mund" (O-Ton Manfred) besteht aus wulstigen Lippen. Irgendwie erinnert mich das alles an die Comic-Figur Road Runner aus den Zeichentrickfilmen von Warner Brothers.

Nun, das alles ist zwar nicht erfreulich, muss aber noch nicht zwangsläufig ein K.O-Kriterium sein. Frau kann natürlich ihre Enttäuschung verbergen und immer noch auf eine interessante Konversation hoffen. Doch selbst wenn einzelne Sätze aus dem Mund des Hoffnungsträgers nicht vollkommen blöde sind, werden sie doch entwertet, wenn er

a) seine gesamte Lebensphilosophie in einer halben Stunde runterrattert,

b) jedes seiner Statements mit dem Satz beschließt: „Fertig aus, Nikolaus."

Fertig aus, Nikolaus. Genau. Ich meine – wie kommt man denn auf so was? Gehe ich zu wenig unter Menschen? Weiß ich nicht mehr, was heute so angesagt ist und welche Floskeln allgemein toleriert werden?

So sieht's aus. Fertig aus, Nikolaus.

Manfred erläutert mir dann noch, dass es im Prinzip überflüssig ist, viel Geld an ein Fitnessstudio zu bezahlen. Man könne auch mehrmals täglich im heimischen Treppenhaus hoch und runter laufen. Lohnt sich allerdings nur, wenn man im 3. Stock oder höher wohnt.

Merkwürdig ist auch, dass er mir nicht verrät, wo und was er arbeitet. Kann ja daran liegen, dass er „gerade die Chance einer Neuorientierung ergriffen hat", also gefeuert wurde. Wir kommen während des Spaziergangs an einer Gruppe seiner *Kollegen* vorbei, die keinerlei Anstalten machen, auf die Gesprächsavancen von Manfred einzusteigen. Mh. Seltsam. Immerhin lädt mich Road Runner/ Treppensteiger zu einem Kaltgetränk im Parkcafé ein. Wir reden über alles Mögliche. Eigentlich ist er doch gar nicht so übel; nicht unoriginell in seinen Ansichten und er scheint auch echtes Interesse zu haben.

Aber: Road Runner…

Nee, das geht auch nicht. Ich sag freundlich lächelnd tschüss und wir wissen sicherlich beide, dass aus uns nichts wird. Schon gar nichts mit übereinander herfallen. So leid es mir tut, Manfred. Ich renne nicht Treppen rauf und runter. Und ich mag leider deinen Mund nicht, auch wenn er von anderen Damen in den höchsten Tönen gelobt wird. Fertig aus, Nikolaus.

Geiz auf den Malediven

Welche Todsünden gibt es beim Dating? Geiz gehört eindeutig dazu. Geiz ist fast so schlimm wie mangelhafte Hygiene. Aber wenn ein Typ mieft, kann man unter Umständen drüber wegriechen, da die Geruchsnerven phasisch-tonisch sind. Das bedeutet, man nimmt Gerüche im Laufe der Zeit immer weniger wahr. Daher kann man sich angeblich an alle Gerüche gewöhnen. Die Nerven stumpfen ab und der größte Mief-Dussel könnte unter Umständen erträglich werden, wenn sonst alles stimmt. Obwohl – eher doch nicht. Zudem landet man mit einem Mief-Typen schnell im sozialen Abseits.

Sieht der Mann gut aus und riecht auch noch lecker, kann frau auf den Austausch von Körperflüssigkeiten hoffen. Geistiger Austausch muss nicht immer sein. Kein Mann – sei er noch so schlau – wird, bei einem weiblichen Wesen, das ihm die Eier streichelt, auf einer Diskussion des Aufmachers im FAZ-Feuilleton bestehen. Da ist erst mal Klappe halten und für eine gesunde Erektion sorgen angesagt. Was heutzutage auch schon bei Männern mittleren Alters schwer genug ist. Leider.

Zurück zu den Dating-Sünden. Bin ich geizig, weil ich möchte, dass mir ein Mann sein Engagement beweist, indem er mir ein Essen spendiert? Sind Männer geizig, die eine Frau nicht einladen? Oder ist es heute normal, dass eine Frau bei einem Rendezvous die Hälfte der Rechnung übernimmt? In den USA wird diese Aufteilung der Dating-Kosten als „Going Dutch" bezeichnet. Der Begriff signalisiert, dass diese Art männlicher Sparsamkeit jedenfalls nicht amerikanisch ist. Sondern irgendwie europäisch.

Wobei, so habe ich mir sagen lassen, besonders deutsche Männer als geizig gelten und daher andere Nationalitäten zum Beispiel von unseren Nachbarinnen in den östlichen Regionen Europas eindeutig vorgezogen werden.

Sie haben recht! Immerhin sind die Vorlaufkosten von uns Frauen im Beziehungs-Bingo – Klamotten, Kosmetik, Friseur usw. – deutlich höher als jene von Männern. Deutsche Männer sind nicht nur selten hübsch, sondern leider investieren sie im Gegensatz zu Italienern und Franzosen auch kaum Geld in das Aufmöbeln ihrer Erscheinung. Da wäre es doch nur gerecht, wenn sie wenigstens Drinks und Essen bezahlen würden.

Früher war alles einfacher. Die Zahlungsgepflogenheiten waren zumindest in besseren Restaurants schon wegen der so genannten Damen-Karten festgelegt, in denen die Preisangaben fehlten. Diese Speisekarten wurden üblicherweise weiblichen Gästen ausgehändigt, denn man ging davon aus, dass ein Herr die Dame einlädt. Sie sollte ihre Auswahl unabhängig von den Preisen treffen. Das war natürlich komplett blöde, weil auch schon in vor-emanzipatorischer Zeit sogar dem naivsten Huhn klar war, dass ein Filetsteak oder ein Hummer mehr kostet als eine Roulade oder ein Wiener Schnitzel.

Damen-Karten habe ich das erste und hoffentlich letzte Mal gesehen bei einem Abendessen mit dem furchtbaren deutschen Konsul in Rotterdam. Dessen hässliche, nervige Hexen-Töchter haben mich und meine Clique in ein grässliches Sterne-Restaurant geschleppt, wo wir keineswegs von dem gut betuchten Konsul eingeladen wurden, sondern unsere fröhliche Truppe alles selbst bezahlen musste; und das, obwohl wir gar nicht sehen konnten, was die Mini-Portionen dort überhaupt kosteten. Ich habe die ganze Zeit nur die armen Hummer in den Bassins beobachtet und dachte, wenn ihr blöden Viecher wüsstet, was ihr wert seid! Dann könntet ihr es mir sagen oder an die Glaswand von eurem Bassin morsen. Dabei mag ich noch nicht mal Hummer. Dieses Scheren-Gezutzel geht mir tierisch auf den Sender. Aber wir haben uns bei den arroganten Kellnern gerächt, indem die Mädels alle nur Salat bestellt haben mit lauter unterschiedlichen Dressings „aber bitte auf einem Extrateller" wie im Film *Harry und Sally*.

Später dann, zuhause bei Konsuls, gab es noch leckere Weinchen, die der Herr Papa aus den Resten seiner letzten Fete zusammenpanschte. Das scheint in bestimmten Kreisen nicht unüblich zu sein. Kathi hat berichtet, dass sie bei einer Wohltätigkeitsveranstaltung am selben Tisch saß wie der Fürst zu Schlonz und Hippe, der sich mit seiner Eigenschaft als A-Promi brüstete und deshalb nicht mit normalen Superreichen ohne blaues Blut am Tisch sitzen wollte. Er war ja auch schon blau genug, denn er goss die Reste aus den Gläsern seiner Sitznachbarn in sein Glas und stürzte den ganzen Mix-Fusel runter. Vornehm geht die Welt zugrunde.

Sind also deutsche Männer kleinlich? Oder wie Konsuls und Fürstens einfach schlecht erzogen? Hat die Geiz-ist-geil-Mentalität vom Einkauf bei Saturn, Aldi und Praktiker auf alle zwischenmenschlichen Bereiche übergegriffen? Ich fürchte ja. Daher sieht meine Dating-Agenda folgendermaßen aus: Wenn ich den Typ blöde finde, bezahle ich freiwillig die Hälfte beziehungsweise den Anteil, den ich tatsächlich konsumiert habe. Dann mache ich mich schleunigst vom Acker. Wenn ich ihn nett finde, warte ich, ob er bezahlt. Wenn er es nicht tut, auch in Ordnung.

Dann zahle ich meinen Anteil oder schlage vor, die Hälfte zu übernehmen, und warte, wie sich die Dinge entwickeln.

So wie bei Rainer. Auf seinem Foto sitzt er am Wasser, lässt die Beine baumeln und grinst. Ich rufe ihn an. Rainer schlägt ein Abendessen in einem netten Bistro vor. Ich bin pünktlich da, er kommt zu spät. Ich habe einen schwarzen Nylonrock, ein Pleats-Please-Shirt von Issey Myake und schwarze Pumps an. Er hat genau dieselbe weiße Jeans und dieselben Schuhe an wie auf dem Foto in seiner Internet-Anzeige. Und denselben Gürtel. Seine Haare sind schlecht geschnitten. Er rennt drei Mal durchs Lokal und sucht mich, erkennt mich aber nicht. Bin ich plötzlich gealtert? Haare falsch gestylt? Hat er mich verwechselt? Ist er blind? Oder nur nervös? Ich gebe ihm kein Zeichen, weil ich denke, was ist das denn, das kann ja wohl nicht wahr sein, jetzt wollen wir doch mal sehen, wann er es rafft.

Schließlich entdeckt er mich. Er setzt sich, begrüßt mich und wir bestellen. Dann fängt er an, von seinem Urlaub auf den Malediven zu erzählen. „Da flieg ich jedes Jahr zwei Mal hin." Soso. Ein Gewohnheitstier. Das finde ich beim Thema Urlaub eher langweilig, aber gut, die Geschmäcker sind verschieden. Besonders beeindruckt hat Rainer offensichtlich, dass er letztes Mal „upgegradet" wurde. Er hatte einen Strandbungalow gebucht. Aber dann hat ihn der Hotelmanager in einem – teureren – Wasserbungalow einquartiert. „Ganz toll! Man lebt praktisch direkt über dem türkisfarbenen Meer! Und das ohne Aufpreis!" Da war er dann zwei Wochen ganz allein, weil die Malediven eigentlich ein typisches Ziel für Pärchen sind. Und das ist gar nicht schön, wenn man da sieht, wie sie rumturteln und selbst muss Mann stattdessen Hand an sich legen, weil es leider gar keine willigen Damen aus der stockkonservativen islamfixierten heimischen Bevölkerung gibt, mit denen man sich vergnügen könnte, was Rainer offensichtlich sehr bedauert hat.

Er spitzt seinen Spitzmaulfrosch-Mund, scharrt mit seinen Vertreter-Schuhen, die vorne eine Lasche und peinliche Troddeln haben. Troddelschuhe! Das war schon in den 80ern ein No-Go. Er beobachtet mich mit kritischem Blick und schaut mich so merkwürdig schief an, als würde ich irgendwo zum Kauf ausgestellt. Er checkt wohl ab, inwieweit ich für irgendwelche Vergnügungen im In- und Ausland zur Verfügung stehe. Tja, tut mir leid Rainer, mit dir würde ich nicht auf die Malediven fliegen, selbst wenn du mich einladen würdest, was du sicherlich sowieso nicht machst, denn du hast ja nicht mal das Abendessen bezahlt. Mein lieber Rainer, mit dir würde ich noch nicht mal zum Kaffeetrinken sonntags aufs Land fahren, weil du einfach ein gnadenloser Langweiler bist und ich eindeutig auf Typen stehe, die ein gewisses Unterhaltungstalent haben.

Sollte ich künftig doch genauer auf das Outfit der Date-Kandidaten achten? Kann man anhand ihrer Hosen und Schuhe oder Gürtel erkennen, ob man mit Männern harmoniert? Oder ist das Outfit nebensächlich, weil jeder vernünftige Mann sich in einer Beziehung von seiner Freundin oder Frau in punkto Kleidung beraten lässt und so allmählich der Vervollkommnung seines Erscheinungsbildes angenähert werden kann? Bin ich arrogant und zu sehr auf Äußerlichkeiten fixiert? Und welchen Stellenwert sollte die Physiognomie eines Partners einnehmen – kann uns jemand trotz unsympathischem Mund doch noch sympathisch erscheinen, wenn aus diesem Mund charmante, geistreiche oder zumindest witzige Sätze kommen wie beim Treppensportler Manfred? Ich höre Rainer nicht mehr zu, sondern vergleiche in Gedanken die Münder von Hollywood-Stars. Mh, Schnuckelchen George der Göttliche, schön und intelligent. Und politisch richtig gepolt. Aber leider vergeben. Und auch schon ziemlich grau. Johnny Depp. War mal hübsch. Inzwischen verlebt. Originell, aber Partyhengst und Kettenraucher. Nein, lieber nicht. Vielleicht….

Huch – ja ich hör dir doch zu! (was hat der Blödmann gesagt?). „Nein, ich war noch nicht auf den Malediven. Aber in Indien und Sri Lanka…" Er quatscht weiter. Meine Reisen interessieren ihn offensichtlich nicht – und cut….

Hose hin, Schuhe her: Ich kann es jedenfalls nicht ausstehen, wenn Männer zwei Stunden lang von sich erzählen und es nur um Geld geht, das sie angeblich verdienen, um es dann weitgehend zu sparen (…und dann habe ich das billig gekriegt und dann habe ich das günstig gekauft …). Sie sitzen auf ihrer Kohle wie Alberich auf dem Nibelungenschatz, allein und frustriert, und fragen sich, warum keine Frau bei ihnen anbeißt, obwohl sie einen, natürlich günstig erworbenen, BMW fahren und Designermode tragen von der vorletzten Saison aus dem Factory Outlet. Gut, zugegeben, ich sollte auch etwas sparsamer sein. Leider lebe ich ständig über meine Verhältnisse. Aber das ist doch immer noch besser als Geiz. Wie bei Upgrading-Rainer. Leider kann ich ihm nichts aus meinem interessanten Leben erzählen. Immer, wenn ich einen Satz beginne, spitzt er seinen Spitzmaulfrosch-Mund, schaut sich im Restaurant um, lehnt sich selbstgefällig zurück und unterbricht meine interessanten Ausführungen. „Tja, weißt Du, das ist nämlich so …" Mein Leben hat ihn nicht interessiert. Das ist ein weiteres K.O.-Kriterium: Desinteresse und Besserwisserei als Ausdruck von Stolz, Überheblichkeit und kompletter Ich-Bezogenheit. So ähnlich formuliert das die Psychoanalytikerin Anne Maguire, die sagt: „Der Stolze ist unmenschlich, nimmt er doch in seiner Selbstbezogenheit, seiner Arroganz und seiner Überheblichkeit keine Rücksicht auf die anderen Menschen und glaubt im Geheimen an seine Allmächtigkeit."

Mannomann. Bin ich zu stolz? Zu wenig empathisch? Zu wenig großzügig? Überkritisch? Während meiner Überlegungen schaue ich mich ebenfalls im Restaurant um und denke, oh weh, schon wieder ein Abend verplempert. Nie mehr gehe ich aus mit einem Mann, der einen Spitzmaulfrosch-Mund hat und Troddelschuhe trägt.

Wir bestellen die Rechnung, ich krame mein Portemonnaie raus und lege 25 Euro auf das Tellerchen mit der Rechnung. Dann suche ich nach Kleingeld, denn ich will die Hälfte des Abends übernehmen. Da sagt Spitzmaulfrosch gönnerhaft: „Lass mal, ich kann ja mehr bezahlen als du." Das ist vielleicht nett gemeint, aber unglücklich formuliert. Zumal es nur noch ums Trinkgeld geht. Dabei legt er den Kopf so seltsam schief und spitzt wieder den Spitzmaulfrosch-Mund. Dann steckt er die Rechnung ein. Bestimmt setzt er mich von der Steuer ab, ein absolutes No-never-ever bei einem Date.

Das ist ja wunderbar, Rainer, vielen Dank auch, dass Du mir fünf Euro schenkst. Und dann säuselt er: „Was meinst du, wir könnten nebenan noch einen Espresso trinken." Und ich sage, ohne nachzudenken: „Ja, können wir machen." Dann stürmt er zur Tür und überlegt wohl schon, ob er mich heute Abend abschleppen kann, wenn er noch ein paar Euro investiert. Doch ich denke, nee, da geh ich nicht mit, das halte ich keine fünf Minuten mehr aus, dieses Upgrading-Gesabbel. Soll er doch seine Steuer-Belege sortieren.

Als wir vor der Tür stehen, gebe ich ihm die Hand und sage: „Ach weißt du, ich geh doch lieber nach Hause. Tschüß, mach's gut." Und er steht da und guckt wie vom Donner gerührt. Ich stöckele, so schnell es meine Pumps erlauben, um die nächste Ecke, nichts wie weg hier aus seinem Blickfeld, und atme erst mal tief durch. Als ich nach Hause komme, hat er schon mein Profil gesperrt. Das ist mir nur recht. Eines steht fest: Ich kann mich nicht in einen Typen verlieben, dessen Mund ich ätzend finde und der sich null für mein Leben interessiert. Da könnte der mich glatt zu einer Weltreise einladen. Inklusive Malediven. No chance.

Three Strikes and you're out

„Werde erwachsen, Raj, für die Wahrheit ist kein Platz im Internet." Sagt Prof. Dr. Dr. Sheldon Cooper in der Sitcom *Big Bang Theory* zu seinem Freund Dr. Rajesh Kootrappali. Ich liebe die Serie und die Weisheiten von Sheldon.

Fake News gab es schon immer. Angeblich lügt jeder Mensch am Tag mehrere hundert Mal. Und seit es das Internet gibt, bestimmt noch viel häufiger. Blöd ist es natürlich, wenn bei Dingen gelogen wird, die sich offensichtlich leicht widerlegen lassen. Wer etwa bei der eigenen Korpergröße mogelt, muss sich beim ersten Date auf eine böse Überraschung gefasst machen. Oder hohe Absätze tragen. Da hilft dann auch nicht das Gejammere mancher Typen, dass „alle Frauen einen Mann wollen, der mindestens eins achtzig groß ist, auch wenn sie selbst nur eins sechzig sind." Na und? Das ist doch ihr gutes Recht, oder? Wer glaubt, dass er sich Sympathien erwirbt trotz derart peinlicher Falschangaben, hat schon verloren. Meistens jedenfalls. Anders gesagt: Bei der Größe tricksen ist blöd. Beim Gewicht auch – dick oder schlank ist in der Regel keine Frage der individuellen Einschätzung, sondern objektiver Kriterien. Man muss jetzt nicht genau den Body-Mass-Index kennen, aber ob jemand Kleidergröße S oder XXL trägt, ist leicht zu erkennen. Dafür muss man kein Genie sein. Beim Alter kann der Versuch eher glücken, die eigenen Chancen mit beschönigenden Angaben zu verbessern – da verschwimmen die Grenzen mit fortschreitender Vergreisung. Ich würde mir jederzeit zutrauen, zu erkennen, ob jemand 20 oder 30 ist. Bei 30 oder 40 ist das schon schwieriger, bei 50 oder 60 kann man böse daneben liegen.

Menschen altern unterschiedlich intensiv, der eine schlecht, der andere besser. Das ist teils dem Genpool, teils der Lebensführung geschuldet. ABER ICH BIN NICHT BLIND! Ich sehe, ob der Typ mir gegenüber eins siebzig oder eins achtzig ist. Oder ob er speckig ist oder Muckis hat. Und ich kann es nicht leiden, wenn jemand mich für dumm verkauft.

Noch schlimmer wird die Geschichte, wenn der Typ bei der Größe UND beim Alter lügt. Doch angesichts der weit verbreiteten weiblichen Gutmütigkeit ist das oft immer noch kein K.O-Kriterium. Ab welcher Anzahl von Fehlern sollte denn überhaupt Schluss sein? Keine leichte Entscheidung. Hier hilft die Quantifizierung nach dem Betriebssystem Windows: Ich finde, spätestens ab dem dritten schweren Ausnahme-Fehler sollte er den Laufpass kriegen. Oder wie die Amis sagen: „Three strikes, you're out." Nach den Three-Strikes-Laws einiger US-Bundesstaaten ist dort bei der dritten Verfehlung unwiderruflich Schluss. Wer drei schwerere Verbrechen begeht, landet lebenslänglich im Knast. Oder eben im Dating-Abseits.

Also Pech, Tobias. Beim Alter gelogen, bei der Größe gelogen, und dann noch pornosüchtig – das war schon eine ziemlich fatale Packung. Ach ja, richtig, die Pornos. Angeblich schauen alle Männer und neuerdings auch viele Frauen diese Filmchen im Internet. Ich kann dem nichts abgewinnen. Ehrlich, das sieht doch beschissen aus! Hässliche Menschen in hässlichen Klamotten beim Kopulieren, und meist sind sogar die Locations grässlich! Wen turnt das an? Also ich war sehr enttäuscht, lieber Tobias, dass du dich offensichtlich in jeder freien Minute – laut der Chronik deines Browsers – mit derart minderwertigem Schauspiel vergnügt hast.

Ja, es war nett von dir, mir im Kurzurlaub deinen Laptop zu leihen. Aber ich kann schließlich auch nichts dafür, dass dein Browser sofort mit deinen Lieblingsseiten aufgepoppt ist und das Gestöhne aus dem Lautsprecher meine Ohren beleidigt hat!

Und noch ein Punkt zum Thema Frauen und Gutmütigkeit: Wie viele Geschlechtsgenossinnen habe ich lange zum Über-Engagement tendiert. Ja, ich helfe gerne. Ich backe Kuchen für Kolleginnen und Kollegen, ich lade ein zu spontanen Partys und organisiere Ausflüge zu Konzerten und ans Meer. Ich helfe auch gerne meinen Freundinnen mit juristischem Sachverstand, soweit es meine etwas eingerosteten Fachkenntnisse zulassen. Doch ich finde es nicht so prickelnd, wenn ein Typ beim ersten oder zweiten Date juristische Probleme ausbreitet und auf deren – selbstverständlich kostenlose – Lösung hofft.

So wie Tobias. Der brauchte Unterstützung bei einer pikanten Geschichte, die mit einer Anzeige endete: Körperverletzung beim Sex. Die Kurzfassung: Er war heftig zugange mit seiner Nachbarin, die eine Vorliebe für SM-Praktiken äußerte. Sie biss ihn brutal, woraufhin er sie lautstark aufforderte, dies zu beenden, was sie wiederum ignorierte, worauf er ihr beidseitig eine Ohrfeige verpasste. Folge: Trommelfellriss, eine saftige Arztrechnung und Schmerzensgeldforderung. Anwaltliche Hilfe war gefordert. Doch warum werde ich privat mit einem derartigen Problem belästigt? Denken Männer wie Tobias tatsächlich, ihre Sex-kapaden turnen potenzielle neue Partnerinnen an? Oder dass ein hilfloser Dackelblick den Mutter-Instinkt nährt und zu schnellstmöglichen Hilfsaktionen führt?

Leider nein, Tobias. Du hast mir geholfen, meinen Keller aufzuräumen. Und hast mit mir Filme geschaut, die ansonsten in meinem sozialen Umfeld nicht goutiert werden. Wie *Fast and Furious*, *Ronin* und andere interessante kinematografische Kunstwerke, die sich vor allem durch Ballerei, muskelbepackte Männer und Auto-Verfolgungsjagden auszeichnen.

Schade eigentlich. Ich hätte gerne mit dir den nächsten *Fast and Furious*-Film angeschaut. Aber: Three strikes out. Trotzdem wünsche ich dir, die körperliche Auseinandersetzung mit der beißenden Gespielin wurde nicht allzu teuer. Das war nun wirklich ein doofes Missgeschick.

Was ist sexy an Erpressung?

Es gibt Bücher, die Skandale erregen und die Einstellung von Millionen Menschen zu bestimmten Sexualpraktiken verändern. Was zuvor nur unter der Hand beziehungsweise unter dem Ladentisch zirkulierte, wird plötzlich Mainstream. Zumindest erweckt der Erfolg dieser Werke den Anschein einer neuen Normalität. Das 20. Jahrhundert ermöglichte einen Siegeszug von weiblicher Emanzipation und sexueller Freiheit. Der *Hite Report* der jüngst verstorbenen Sexualwissenschaftlerin *Shere Hite* offenbarte revolutionäre Erkenntnisse zur Sexualität der Frau, *Masters und Johnson* untersuchten Sexualpraktiken im Labor. Schon lange vorher sorgten belletristische Werke wie die Biografien von *Giacomo Casanova* und *Lady Chatterly* oder der erotische Briefroman *Der gelüftete Vorhang* des Freigeists *Comte de Mirabeau* aus dem 18. Jahrhundert für Erregung und Empörung.

Tempora mutantur. Aktuelle Bestsellerautoren und vor allem Bestsellerautorinnen schreiben bevorzugt über Frustrationen beim Austausch von Körperflüssigkeiten beziehungsweise beim Fehlen desselben. Erregung braucht besondere Stimulanzien, Sado-Maso-Praktiken sind in der Mitte der Gesellschaft angelangt, wie uns das doch eher harmlose Machwerk *Shades of Grey* vermitteln will. Irgendwie drängt sich der Eindruck auf, jede und jeder, die oder der sich nicht mittels Handschellen ans Bett fesseln lässt, sei hoffnungslos spießig und langweilig. Da brauchte es natürlich neue, besondere Reize. Und wie so häufig sind es die Profis, die wissen, woher das Lüftchen neuer Leidenschaften weht.

Es ist Samstag, ich liege im Bett und lese, welch Zufall, die *Venus im Pelz* von *Leopold von Sacher-Masoch*. Der Film von *Roman Polanski* hat mir gut gefallen. Die Novelle ist ein gesellschaftskritisches und emanzipatorisches Stück, in dem die sexuelle Unterwerfung als Metapher dient. So, genug der bildungsbürgerlichen Ausführungen. Mein Handy klingelt. Sandra, die erfolgreiche Domina, verlangt juristische Beratung. Ich höre, wie sie an einer Zigarette zieht. Ihre Stimme ist heiser. Sie stößt den Rauch aus und hustet leicht. Sie hält sich nicht mit langen Vorreden auf.

„Also, du bist doch Juristin!"

Mh. Daher weht der Wind. Hat sie einen ihrer Kunden – Fachterminus *Gäste* – zu stark malträtiert?

Ich: „Ich mach kein Strafrecht!"

Sandra: „Es geht um einen Vertrag!"

Ich: „Mh."

Sandra: „Und viel Geld!"

Ich: „Haus? Auto? Schmuck?"

Sandra: „Entführung."

Ich: „Kein Strafrecht."

Sandra: „Ich werde *Money Dom*! Hör doch mal zu! Das ist völlig abgefahren! Die Gäste wollen sich nicht mehr verhauen lassen, sondern entführt werden! Und eingesperrt! Und erpresst!"

Ich (lakonisch): „Der Kunde ist König."

Sandra: „Süße, es heißt *Gast*, wie oft habe ich Dir das schon gesagt! Oder *Sklave*."

Ich: „Bei mir heißt es Idiot."

Sandra: „Sie wollen im Kofferraum entführt und in einer Hütte eingesperrt werden. Dann geben sie mir Vollmacht für ihre Konten und Depots. Für die gesamte Kohle."

Ich: „Wahrscheinlich sittenwidrig und nichtig."

Sandra: „Ich will allgemeine Geschäftsbedingungen."

Ich: „Hä?"

Sandra: „Ich will, dass sie unterschreiben, dass sie mich nicht verklagen, wenn etwas passiert."

Ich: „Was passiert?"

Sandra: „Na ja, wenn sie ersticken oder so."

Ich: „Grundgütiger! Aber wie sollen sie dich denn verklagen, wenn sie erstickt sind?"

Sandra: „Na ja, wenn sie nur verletzt sind. Geht das, so mit AGB?"

Ich: „Nein."

Sandra: „Müssen wir halt aufpassen."

Ich: „Wir?"

Sandra: „Da kannst Du mehr Kohle verdienen als mit deinem Anwaltskram."

Ich: „ Mh."

Sandra: „Wir bringen sie zu meinem Schrebergarten. Da sollen sie dann bleiben, bis wir die Kohle haben."

Ich: „Dein Schrebergarten ist am Arsch der Welt, kein Wasser, kein Strom, kein Nix."

Sandra: „Hütte und Klo müssen die Sklaven selbst bauen. Ich find's eine super Idee."

Ich: „Dann mach mal. Wenn es schiefgeht, empfehle ich dir eine gute Anwältin."

Sandra: „Denk an die Kohle!"

Ich lege auf und frage das allwissende *Google*. Angeblich gibt es sogenannte *Money Doms*, die ihre Kunden erpressen. Das sind die *Money Pigs*. Die finden das geil, dass ihnen Dominas das Fell über die Ohren ziehen.

Die Welt ist ein Irrenhaus.

Keine Ahnung, was aus Sandras Projekt wurde. Wir haben nicht mehr darüber gesprochen. Aber eines weiß ich: Was mir bisher beziehungstechnisch passiert ist, hält sich in einem akzeptablen Rahmen. Ich erpresse nicht, ich werde nicht erpresst. Ich helfe nicht bei Entführungen und Erpressungen. Ein derartiges Ansinnen hat auch keiner der Herren an mich gerichtet – da kommen wohl nur Profis zum Zug.

Irgendwie bin ich mit meinen Männergeschichten wohl noch vergleichsweise normal. Alles relativ.

Pizza, Pudding, Panik

Jugendliche haben oft merkwürde Ess- und Freizeitge-
wohnheiten. Befremdlich ist es, wenn sie diese im Erwach-
senenalter beibehalten, wobei Männer da mehr gefährdet
sind als Frauen. Nehmen wir den klobigen Konrad (KK).
Wir haben uns bei Elite Partner kennengelernt – zumindest oberflächlich. Das Telefonat war nicht sehr auf-
schlussreich, aber ich dachte, vielleicht ist er einfach nicht
besonders gesprächig.

Wir treffen uns in seinem Heimatdorf, was für mich
eine unangenehme Anreise per öffentlichen Verkehrsmit-
teln bedeutet. Ich hatte angesichts der Tatsache, dass ich
mir die Mühe und mich auf den Weg machte, ihn gebeten,
für den Nachmittag etwas Kulturprogramm zu organisieren. Das ist auch auf dem Land möglich. Ein legitimer
Wunsch, man kann zum Beispiel eine Schlossbesichtigung
machen oder klassische Musik hören und schon mal kulturelle Vorlieben abgleichen.

Ich steige aus dem Bus, Konrad kommt mir in einem
schlechtsitzenden Anzug entgegengeschwabbelt und
grinst. Ich begrüße ihn freundlich distanziert und frage,
was er sich denn so ausgedacht hat. Er zuckt mit den
Schultern. Ich schaue ihn fragend an. Er weiß nicht, ob es
in der Umgebung eine interessante Ausstellung, einen
schönen Park oder ein Museum gibt. Es ist arschkalt und
wir gehen in ein Café. Ich beschließe, zunächst ihm das
Reden zu überlassen, wie es manche Dating-Ratgeber
empfehlen. Vielleicht taut er ja noch auf. Wir haben nicht
denselben Musikgeschmack. Ihm gefällt Death Metal. Das
steht auf meiner Beliebtheitsskala ungefähr auf dem Level

Urlaub beim IS. Warum fahre ich nicht gleich zurück? Keine Ahnung. Dummheit, Trägheit, Verzweiflung. Irgendwas in dieser Richtung.

Ich trinke Kaffee und esse ein Stück Kuchen. KK trinkt ein Pils. Dann laufen wir in der Kleinstadt herum und landen schließlich in einer Kneipe. KK trinkt Bier, ich trinke Wein. Er ist Fan von Werder. Na klar. Was sonst. Wie kann man Fan von dieser Loser-Truppe sein? Zumal Konrad gar kein Bremer ist? Sondern aus NRW stammt? Warum nicht Dortmund oder Schalke? Immerhin: Bier ist hier wie da angesagt. Prösterchen.

Wir drehen noch eine Runde. Jetzt wird es Zeit fürs Abendessen. Worauf ich Lust habe? Keine Ahnung. Eigentlich auf gar nichts. Außer auf einen gemütlichen Abend auf meinem Sofa. Allein. Zuhause. Aber nein, jetzt bin ich halt hier. Sicherlich will Konrad eine Lokalität aufsuchen, bei der Masse vor Klasse kommt. In Gourmetlokalen dürfte es schwierig sein, sich 30 Kilogramm Übergewicht anzufressen.

Wir landen in einem Rodizio. Das sind diese pseudobrasilianischen Fleischabfüllstationen Marke *All you can eat*. Ich trinke ein Gläschen Wein. Konrad trinkt Pils. Die Kellner hauen uns ständig zu Tode gegrilltes, angekokeltes Zeug auf den Teller. Das Publikum ist überwiegend wohlgenährt. Konrad schaufelt Berge von Pilzen, Kartoffeln, Speck und Würsten in sich rein. Ich warte auf die Steaks, die angeblich auch irgendwann serviert werden sollen. Zwischenzeitlich beobachte ich die malmenden Kiefer meines Gegenübers. Der menschliche Magen hat ein Fassungsvermögen von ungefähr zwei Litern. Wird er regelmßig überfüllt, kann er gedehnt werden. Bei Kugel-

Konrad dürfte der Magen inzwischen das Volumen eines Fußballs haben. Ich überlege, wie hoch das Fassungsvermögen eines Fußballs ist. Herr *Google* weiß alles – ich tackere unverhohlen auf meinem Handy rum, was sonst in Gaststätten und in Gesellschaft nicht meine Art ist. Der Rauminhalt eines Fußballs beträgt zirka achteinhalb Liter. Magentechnisch geht bei KK noch was.

Endlich bekomme ich ein Steak. Es ist klein, zu stark durchgebraten und zäh. Hat wohl ein Vaqueiro zuschanden geritten, die arme Kuh. Ich stochere im Salat. Dann sage ich zu meinem korpulenten Dating-Partner, dass ich nach Hause fahren will. Er wird leicht weinerlich und meint bittend, wir könnten bei ihm zuhause ja noch einen Film schauen. Ich denke, na gut, vielleicht gibt es ja doch irgendwie eine winzige Schnittmenge bei uns beiden. Ich bin schließlich Kino-Fan. Aber: Vergebliche Hoffnung. Immer, wenn man denkt, schlimmer geht nimmer, kommt erst die absolute Katastrophe.

KK streamt den Teeny-Horrorfilm *Hostel.* Es geht um Teenager, die in ein Hostel nach Bratislava fahren und dort von perversen Wichsern zu Tode gequält werden. Zum Plot gibt es nicht viel mehr zu sagen. Ich frage mich nur, wer so etwas unterhaltsam findet. Zumal als Mann in den Vierzigern. Teenie-Horror! Wie *Scream*, nur schlimmer! Der Typ ist retardiert. Ich bekomme Angst und denke, bei meinem Glück entpuppt der sich bestimmt als Bruder von *Freddy Krueger* oder es kommt hier gleich zum Showdown wie im Film *From Dusk Till Dawn*, als plötzlich alle Gäste zu Zombies mutieren. KK ist glücklicherweise kein Zombie. Er bestellt bei *Dominos* Pizza und Bier. Ich denke, Gott sei Dank, der Pizzabote wird mich retten. Der junge Kerl grinst mich nur an und schüttelt den Kopf, als Kalorien-

Konrad in seinem Portemonnaie rumkramt. Pizza-Schnucki betrachtet traurig das grandiose Trinkgeld im Cent-Bereich und haut gleich wieder ab. Der Kalorien vernichtende Konrad schiebt sich die Pizzastücke rein. Der Fußball dürfte bei rund vier Litern angelangt sein. Ich denke an den Monty-Python-Film *Der Sinn des Lebens*, in dem ein unendlich dicker Mann einen Keks isst und platzt.

Kugel-Konrad grinst mich an und ächzt: „Ich könnte noch einen Nachtisch vertragen." Mir fährt es eiskalt den Rücken runter. Er greift von seiner Seite des Sofas zu mir rüber. Ich zucke zusammen. Keine Frage – ich bin das Dessert. Er will mich vernaschen. Er leckt sich die fettglänzenden Lippen, tatscht auf meinem rechten Arm rum und sagt mampfend: „Holst Du mir einen Pudding aus dem Kühlschrank?"

Ich schlurfe von Fatalismus übermannt zur Küche und öffne den Kühlschrank. Immerhin kann ich für einige Sekunden dem Gemetzel auf dem Bildschirm entkommen. Schönen Gruß vom Doktor aus Bielefeld. Im Kühlschrank: Jede Menge Becher mit Schoko- und Vanille-Pudding. Ich überschlage gedanklich den Bestand an Nahrungsmitteln im Kühlgerät, deren Kalorien- und Vitamingehalt, nehme einen Vanillepudding und schlurfe zu KK zurück. Er reißt den Deckel ab und inhaliert in gefühlt fünf Sekunden die gelblich-glibberige Süßspeise.

Mir ist schlecht. Das Gesicht einer japanischen Touristin im Bratislava-Hostel wird gerade von einem Perversen mit einem Bunsenbrenner bearbeitet. Ihr Augapfel hängt am Sehnerv über ihrer verbrannte Wange. Ich drehe den Kopf zur Seite, damit ich das Blutbad nicht mehr mitansehen muss. KK dreht meinen Kopf zurück in Richtung

Bildschirm und sagt lakonisch: „Hol mir noch einen Pudding." Jetzt bekomme ich richtig Schiss, dass er auch gleich den Bunsenbrenner rausholt und mich samt Pudding flambiert. Dann denke ich, der weiß bestimmt nicht, dass man Vanillepudding flambieren kann und was Crème Brûlée ist, der Prolet.

Ich renne aufs Klo und übergebe mich. Dann spüle ich meinen Mund mit Wasser aus, gehe zackzack Richtung Diele und Garderobe, schnappe meinen Mantel und fliehe auf die Straße. Abschiedsrituale sind in dieser Situation wohl überflüssig. Mist, ich weiß gar nicht, wie die blöde Straße hier heißt. Es ist sacknacht, im Gebüsch knackt und raschelt es. Glücklicherweise kommt ein Taxi aus dem Nirgendwo vorbeigefahren. Ich sage: „Zum Bahnhof." Der Taxifahrer sagt: „Ist Ihnen schlecht? Sagen Sie bloß rechtzeitig Bescheid und kotzen Sie mir nicht hier rein."

Ich sage: „Schon erledigt" und lege mich quer über den Rücksitz. Es dauert ewig, bis wir an dem Provinzbahnhof ankommen. Ich erwische den letzten Zug nach Hause.

Dort angekommen falle ich wie tot ins Bett, schlafe zehn Stunden und träume von Zombies, die Berge von Pudding mit Bunsenbrennern abfackeln.

Am nächsten Tag kündige ich *Elite Partner*.

Das Stalking- und Keilriemen-Dilemma

Stalking ist laut Strafgesetzbuch – hier die Kurzfassung – wenn jemand einer anderen Person beharrlich persönlich oder mittels Kommunikationsmitteln nachstellt und deren Lebensgestaltung schwerwiegend beeinträchtigt. Die genaueren Tatbestandsmerkmale, die § 238 StGB auflistet, bieten einen weiten Interpretationsspielraum. Außerdem ist es sicherlich auch von der individuellen Befindlichkeit abhängig, was ein Mensch als Nachstellung und Beeinträchtigung der Lebensgestaltung empfindet. Ich persönlich habe es zum Beispiel nicht gerne, wenn ich an einer einsamen Straßenbahnhaltestelle nachts von einem Herrn verfolgt werde, erkennbar meine Geschwindigkeit steigere, er trotzdem den Abstand zu mir verringert und mir von hinten auf die Schulter tippt, woraufhin ich zusammenzucke und einen erschreckten Schrei fahren lasse. Allerdings, das muss man zugeben, fehlt es bei einem derartigen erstmaligen, unbeholfenen Annäherungsversuch an dem gesetzlichen Merkmal der „Beharrlichkeit", das mehrmalige Belästigungen impliziert. Es bleibt der Schrecken, gefolgt von Ärger und deutlichen Unmutsäußerungen meinerseits.

Der Verfolger, offensichtlich deutlich jünger als ich, alterstypisch bekleidet mit Jeans, Hoodie und Sneakers, erschrickt seinerseits und versucht eine Entschuldigung. Er stellt sich als Leon vor, holt tief Luft und stammelt eine Erläuterung, die in die Richtung geht, er habe mich in der Straßenbahn beobachtet, sich quasi spontan verliebt und ob wir nicht bitte mal zusammen einen Drink einnehmen könnten. Leon hat ein sympathisches, offenes Gesicht, eine wilde Mähne und eine sportliche Figur. Ich will nicht unfreundlich sein, lächle und sage, dass wir wohl schon altersmäßig nicht zusammenpassen würden. Doch er lässt nicht locker und ich denke, na gut, warum nicht. Ich gebe Leon meine Telefonnummer und denke, dass er bei einem Treffen und guter Beleuchtung schnell feststellen wird, dass ich einer anderen Alterskohorte angehöre und wohl auch aus weiteren Gründen nicht die richtige Partnerin für ihn wäre.

Wir verabreden uns telefonisch für den kommenden Donnerstag zur After Work Party in einem Lokal, das ich nicht kenne. Als ich dort eintreffe, sitzt Leon bereits erwartungsfroh lächelnd an der Bar. Er trinkt Cola, ich be stelle einen *Baileys*. Gläschen mit dem Sahnelikör stehen auch vor einigen anderen der anwesenden Damen. Als typisches Mädels-Getränk erscheint er mir hier und heute angesichts meines jugendlichen Galans und in diesem Setting angemessen. Leon fragt mich, was ich so mache, und ich erzähle von meinem Beruf. Er ist hauptberuflich Trainer für Vollkontakt-Karate. Bei diesem Sport, so erfahre ich, sind diverse Tritte und Schläge gegen Körper und Kopf erlaubt. Meine Güte! Ich dachte, so etwas gibt es nur in diesen asiatischen Filmen, in denen buddhistische Mönche oder Helden wie Bruce Lee gegen ganze Horden von Schwerter schwingenden Bösewichten kämpfen, die am Ende alle völlig geplättet am Boden liegen oder gedemütigt davonlaufen. Ich bestelle zur Beruhigung noch einen *Baileys*.

Dann frage ich entsetzt: „Ist das nicht brutal gefährlich? Wirst du dabei nicht oft verletzt?" Und Leon sagt ernst: „Dabei kann man sterben." Er erzählt begeistert von Japan und von Ninja-Kriegern. Und dass er keinen Alkohol trinkt, weil Ninjas auch keinen trinken. Ich erzähle, dass ich einen Krieger aktuell gut gebrauchen könnte, da mich abends, sobald ich nach Hause komme, immer ein Stalker anruft, der mich wohl beobachtet, und obszöne Sprüche ins Telefon stöhnt. Der sollte, so meine Meinung, zum Abgewöhnen dieser Unart mal eine ordentliche Tracht Prügel bekommen. Möglichst von einem tödlichen Ninja. Zur Dämpfung meines Unmuts bestelle ich noch einen *Baileys*.

Leon hat Mitleid, legt den Arm um mich und streichelt mich sanft. Er ist süß. Leider hat er aber auch keine Idee, was das Problem mit dem Stalker anbelangt. So ist das Leben als weiblicher Single, bei praktischen Problemen ist frau immer auf sich allein gestellt. Da helfen auch keine Karatetrainer oder Ninjas. Wegen dieser frustrierenden Erkenntnis bestelle ich noch einen *Baileys*. Und dann erinnere ich mich an einen Urlaub in Irland, wo wir eine Farm besucht haben, auf deren Wiesen glückliche Kühe weideten, deren leckere Milch zu leckerer Sahne für den leckeren *Baileys* verarbeitet wird. Schon reichlich angetütert schluchze ich in mein fast leeres Likörglas und lecke es aus. Es gibt Menschen, die werden von Alkohol fröhlich, andere werden weinerlich. Ich gehöre zu letzteren.

Leon streichelt über meine Wangen und küsst mich. Er sagt: „Komm, Süße, lass uns gehen, ich bring dich nach Hause." Er zahlt, bringt mich zu seinem Auto und wir fahren zu mir. Unterwegs werde ich so richtig wütend. Nicht wegen Leon, sondern wegen des Stalkers. Und ich beschließe, dem heute mal eine richtige Vorstellung zu bieten, dem Arsch. Ich wohne im vierten Stock, alle Zimmer haben glücklicherweise bodentiefe Fenster – und es gibt keine Vorhänge, die hielt ich lange für entbehrlich, denn die nächstgelegenen Häuser sind mindestens achtzig Meter entfernt. Wo verdammt sitzt dieser Stalking-Typ und beobachtet mich? Ich frage Leon: „Willst Du mit reinkommen?" Der kann sein Glück kaum fassen und trottet hinter mir nach oben. In meiner Wohnung angekommen, beginne ich, mich auszuziehen und zerre am Reißverschluss seiner Hose. Jetzt wird Leon ganz hektisch und meint, er habe Präservative im Auto. Die habe er immer dabei, falls mal ein Keilriemen reiße. Diese Verwendungsmöglichkeit von Gummis kannte ich bis dato nicht, aber ich lächle und sage: „Das ist ja prima." Leon rauscht ab, um die Gummis zu holen, und ich mache einen Striptease für den Stalker mit allem Schnick und Schnack.

Leon kommt freudestrahlend zurück: „Glücklicherweise war noch einer da", stöhnt er schon reichlich angeturnt. Wir kommen zur Sache, doch leider ist diese ratzfatz erledigt. Also so hatte ich mir das nicht vorgestellt. Die Enttäuschung wird komplett, als ich das ganze Malheur betrachte – Gummi kaputt. Nun ist meine Geduld endgültig im Eimer. „Wie kann man so dämlich sein", brülle ich. „Keilriemen! Hast du das Ding gerade aus dem Motor rausgepult?"

Ich werfe den Unglücksraben raus, der rumjammert, jetzt habe er bestimmt wieder ewig lang keinen Sex. Ich gebe ihm noch mit auf die Heimfahrt, dass ich das auch für die gesamte Weiblichkeit hoffe; ich beklage heulend mein Schicksal, meine Blödheit und überhaupt. Dann befülle ich meine Munddusche mit Seifenlauge und mache eine Scheidenspülung. Ich weiß zwar nicht, ob diese Zweckentfremdung einer Munddusche ein gutes Mittel zur Schwangerschaftsverhütung ist, aber hoffentlich besser als nichts.

Am kommenden Tag habe ich einen tierischen Kater. *Baileys* ist definitiv kein geeignetes Getränk, um sich straflos zu betrinken. Ich melde mich krank, fahre zu *Ikea* und kaufe Vorhänge. Und ich schwöre, schwöre, schwöre, dass mir so etwas nie wieder passiert und dass alle Karate-Männer und Ninjas dieser Welt mir für alle Zeit gestohlen bleiben können. Außerdem kaufe ich Präservative, die jungfräulich frisch und noch lange haltbar sind und sicherlich nie in einem Auto als Keilriemenersatz missbraucht werden.

Die Telefon-Sex-Episode

Drei Tage nach dem Keilriemen-Desaster bekomme ich einen Brief, von Hand in krakeliger Schrift verfasst. „Liebe Angela, was soll der Scheiß mit den Vorhängen, jetzt kann ich gar nicht mehr sehen, wie du im Höschen Blumen gießt." Und noch jede Menge weiteres anzügliches Zeug. Angela? Wer verdammt ist Angela? Höschen? Blumen? Wo sitzt dieser Trottel?

Ich beschließe, mal eine ganze Nacht hinter meinen neu erworbenen Vorhängen zu sitzen und die Nachbarschaft zu beobachten. Wie im Film *Das Fenster zum Hof.* Eigentlich wäre ich gerne Polizistin oder Detektivin. Meinem alten Kumpel Martin erzähle ich von dem Stalker-Theater, allerdings ohne die Keilriemen-Striptease-Episode. Er sagt: „Solche Sachen passieren nur dir." Das stimmt natürlich gar nicht. Stalking ist ein massives Problem für eine Menge Frauen. Viele Männer sehen das wohl anders. Aber Martin verspricht, mir zu helfen.

Am nächsten Abend sitzen wir ab acht Uhr abends am Fenster des Schlafzimmers. Martin hat eine Pistole mitgebracht, die er vor Jahren seinem Vater geklaut hat. Sicher ist sicher. Er hat sie erst einmal vor langer Zeit abgefeuert und damit das Trommelfell seines rechten Ohrs ruiniert. Immerhin wissen wir so, dass sie funktioniert. Oder zumindest damals funktioniert hat. Doch stalking-technisch ist tote Hose. Kein Mensch weit und breit, nichts tut sich. Wir trinken zwei Flaschen Wein und gegen Morgen schlafen wir brav und beduselt ein. Es war zwar ein lustiger Besuch, aber leider so gar kein Erfolg bezüglich der Stalker-Jagd.

Am darauffolgenden Abend bin ich wieder allein. Und wieder kommt ein Anruf. „Na du kleines Schweinchen, was treibst du denn so?" Jetzt ändere ich meine Strategie. Angriff ist die beste Verteidigung. „Was soll der Scheiß mit diesen Anrufen, wenn Du mit mir sprechen willst, musst du bezahlen! Schick mir hundert Euro, ansonsten halt die Klappe!" Schweigen am anderen Ende der Leitung. Der Anrufer legt auf. Das hat ja prima geklappt. Ich bin ganz stolz auf meine gute Idee und denke, den bin ich los.

Wenige Tage später kommt ein weiterer Brief. Eigentlich nur ein Zettel. Auf dem steht: „Hier ist das Geld." Und tatsächlich liegt im Umschlag ein Hunderteuroschein. Nun wird mir etwas mulmig. Es war nie meine Absicht, ins Telefonsex-Gewerbe einzusteigen. Was mache ich, wenn der Typ denkt, er könne mich jederzeit wieder buchen? Für Telefonate oder – was deutlich bedenklicher wäre – für weitergehende Vergnügungen? Das Haus, in dem ich wohne, steht in einem dunklen Garten hinter einer mehrspurigen Straße. Wenn ich abends alleine nach Hause gehe und er würde mich überfallen, könnte ich mir die Seele aus dem Leib schreien, ohne dass es die Nachbarn mitbekämen. Blöde Situation.

Doch letztlich gibt es ja noch die Polizei, dein Freund und Helfer. In dem Polizeihauptquartier in der Innenstadt melde ich mich an beim Dezernat für Sittlichkeitsdelikte. Der freundliche Kommissar meint, er habe schon viel erlebt, aber daß Telefon-Stalker Geld schicken, sei auch für ihn eine neue Variante devianten Sexualverhaltens. Er nimmt meine Anzeige gegen Unbekannt auf, legt eine Akte an und behält die Zettel samt Geld. Dann fragt er mich, wie er weiter vorgehen solle. Eine Fangschaltung beantragen? Sehr aufwendig bei nur gelegentlichen Anrufen.

Als Alternative bietet er an: „Wenn der Kerl sich wieder meldet, können Sie sich mit ihm verabreden. Dann sagen Sie Bescheid, wir kommen und nehmen ihn fest."

Das klingt gut, wobei ich insgeheim denke, bevor die Polizei den festnimmt, hau ich ihm ordentlich eine runter. Doch daraus wird leider nichts. Mein Brieffreund ruft noch einmal an. Ich versuche, ihn zu bezirzen und sage. „War doch nicht so gemeint, lass uns mit deinem Geld eine Pizza essen gehen!" Aber er hat wohl Lunte gerochen. Oder eine neues Opfer gefunden. Ab da ist Ruhe. Das Verfahren wird eingestellt. Immerhin bekomme ich die hundert Euro zurück.

Parkplatzsuche in der Großstadt

Nach langer Zeit starte ich mal wieder einen Versuch, im Internet einen Herren kennenzulernen. Gunter schreibt mir eine E-Mail und drängt massiv auf ein persönliches Kennenlernen. Sein Vertrag mit der Dating-Plattform laufe aus, und es wäre doch schön, wenn man sich vorher treffen könne, damit er diesen nicht verlängern müsse. Offensichtlich geht er davon aus, dass es bei uns schnell gehen wird, Spiel, Satz und Sieg sozusagen.

Warum die Eile? Die Kosten eines derartigen Vertrags sind überschaubar. Ist er geizig? Oder knapp bei Kasse? Oder will er mich schnellstmöglich abschleppen? Keine Ahnung. Ist letztlich auch egal. Ich greife der Entwicklung vor: Aus Gunter und mir wurde kein Paar. Und das kam so.

Gunter lädt mich ein in ein nettes Lokal mit guter Küche. Er wirkt zwar nicht ganz so jugendlich wie auf seinen Fotos, aber da wird ja gerne etwas getrickst. Meine Fotos sind auch schon ein paar Jahre alt, also was soll's. Immerhin sieht er ganz gut aus und ist ordentlich angezogen. Ich bestelle ein preiswertes Gericht und Apfelsaftschorle. In meinen Posts hatte ich erwähnt, dass ich auch ohne Alkohol glücklich sein kann. Sogar bei einem gepflegten Abendessen mit internationaler Küche. Gunter trinkt auch Apfelsaftschorle.

Wir speisen und reden. Er erzählt von seiner Firma, die Weiterbildungen für Langzeitarbeitslose anbietet. Doch das würde leider nicht mehr so toll laufen. Nun gut, das kenne ich. Als Unternehmer hat man mal bessere, mal schlechtere Zeiten. Es ist ein netter Abend. Gunter bringt mich bis vor die Haustür. Wir verabreden uns für den kommenden Sonntag um 11 Uhr zum Brunch in einem Café bei mir um die Ecke. Sonntagfrüh bin ich nervös, dusche, wasche meine Haare, schminke mich. Überlege, was ich anziehen soll. Hose oder Rock? Schuhe mit hohen Absätzen oder eher flachen? Als ich startbereit bin, ruft er an. „Ich freue mich sehr auf dich, bin fast da, bis gleich!"

Beschwingt stöckele ich zum Café. Gunter ist noch nicht da. Und bleibt verschollen. Ich bin irritiert. Hatte er einen Unfall? Ist ihm schlecht geworden? Kann er nicht wenigstens Bescheid sagen, dass er sich verspätet?

Nach einer halben Stunde beschließe ich zu gehen. Da schickt er eine SMS. „Finde keinen Parkplatz, alles Gute."

Wie bitte? Wer in meinem Stadtviertel an einem Sonntagvormittag keinen Parkplatz findet, ist betrunken, komplett bescheuert oder aus anderen Gründen out of order. Ein Kein-Parkplatz-Finder kann jedenfalls nicht ganz bei Trost sein. Ein Kein-Parkplatz-Finder, der ein Date aus diesem Grund versetzt, ist ein unverschämter Idiot. Ich bin völlig baff. Die beiden netten Herren am Nachbartisch, die meine leichte Unruhe angesichts des No-Shows bemerkt haben, fragen mich teilnahmsvoll, was denn los sei. Ich schüttele ungläubig den Kopf und antworte: „Er kann nicht kommen, er findet keinen Parkplatz."

Meine Nachbarn grinsen und meinen: „Du nimmst uns auf den Arm." Ich zeige ihnen die SMS. Sie haben Mühe, sich zu zügeln und nicht in schallendes Gelächter auszubrechen. Mir ist eher nach Heulen zumute. Die beiden spendieren mir einen Prosecco. Dann zahle ich meinen Tee und gehe nach Hause.

„Finde keinen Parkplatz. Alles Gute."

Das ist wirklich ein Tiefpunkt in meiner Dating-Historie. Andererseits: Es ist besser, ein Mann entpuppt sich gleich als Idiot und nicht erst, wenn schon etwas läuft.

Nach drei Tagen schickt er eine E-Mail. Es täte ihm leid, er wisse auch nicht, was in gefahren sei. Ich auch nicht, Gunter, und es ist mir auch völlig egal. Und übrigens, Gunter, ich wünsche dir nicht alles Gute, sondern dass du auch mal so richtig verarscht wirst und noch jede Menge Zeit und Geld in sinnlose Dates investierst. Bei denen du vorher stundenlang einen Parkplatz suchst.

Wie billig ist Atomstrom?

Manche Beziehungen lassen sich zunächst ganz gut an, auch wenn es gewisse weltanschauliche Differenzen gibt. Doch früher oder später droht Ärger. So kann es etwa passieren, dass die Partner bezüglich Umweltschutz und Energieverbrauch grundsätzlich unterschiedlicher Meinung sind und dies letztlich zu unüberwindbaren Meinungsverschiedenheiten führt. Sogar dann, wenn es im Bett und ansonsten ordentlich läuft. Obwohl – um ehrlich zu sein, meist kommen zu einem derart konfliktträchtigen Thema wie Umweltschutz in der Regel noch weitere Streitpunkte hinzu, die letztlich alle zusammenhängen. So gibt es Kosten der allgemeinen Lebensführung, die manchen Menschen unverzichtbar erscheinen, anderen jedoch als lässlicher Luxus. Ich bin zum Beispiel der Ansicht, dass in Mitteleuropa das Heizen der Wohnung in der kalten Jahreszeit unvermeidlich ist. Noch hat die Erderwärmung hierzulande die natürliche winterliche Raumtemperatur nicht auf angenehme 20 Grad Celsius erhöht. Daher pflege ich diese zumindest tagsüber mittels Gastherme zu ermöglichen.

Kann man machen, muss man aber nicht. Man kann den Verbrauch fossiler Brennstoffe auch gänzlich vermeiden, insbesondere dann, wenn der Arbeitgeber seinen Mitarbeitern das eigene Erzeugnis günstig zur Verfügung stellt: in Form von billigem Strom aus dem Kernkraftwerk, quasi als zusätzliches Deputat zum üblichen Gehalt. In früheren Zeiten erhielten Kumpel günstige Kohle, heute, so musste ich schmerzlich lernen, gibt es noch billigen Strom aus Brokdorf. Den will sonst kaum noch jemand haben, daher wird er en gros an die Mitarbeiter verschleudert. Der Meiler soll erst in den kommenden Jahren abgebaut werden, doch es ist schön zu wissen, dass seine strahlende Hinterlassenschaft auch unsere Nachfahren noch lange beschäftigen wird – wie so viel anderer Müll, den wir für kommende Generationen auf Halden, in Stollen und im Meer deponieren. Da stimmt es doch versöhnlich, dass es laut Wikipedia in Brokdorf „vor dem schützenden Wassergraben eine gepflegte kleine Erinnerungsstätte an die Nuklearkatastrophe von Tschernobyl" gibt.

Wer also in der glücklichen Situation ist, die Wohnung mittels günstigem Atomstrom zu heizen, könnte ja die Einstellung vertreten, dass dieses Privileg ein muggelig warmes Heim garantiert. Doch man kann auch der Ansicht sein, dass in einem mehrstöckigen Haus der Betrieb einer einzigen Heizquelle ausreicht. Man kann sich zum Beispiel einen mit Atomstrom betriebenen Radiator neben die Couch stellen, sich schön unter eine Wolldecke kuscheln und den Rest der Räume auf abhärtungstechnisch günstige zehn Grad abkühlen lassen. Dies erspart neben Heizkosten auch die Erkältungsprophylaxe mittels Wechselduschen. Aber nicht immer, wie der Fortgang der Geschichte beweist.

In dieser Situation befand ich mich bei einem Herrn, nennen wir ihn passenderweise Herr Kernkraft. Selbiger erläuterte mir seine Heiz-Philosophie, als der Winter in Norddeutschland Einzug hielt und die Kälte in meine Knochen fuhr. Anlässlich meines ersten Wochenendbesuchs während der kalten Jahreszeit im spartanisch ausgestatteten Heim des neuen Lovers verkündet Herr Kernkraft, während meine Zähne klappern, dass er den erwähnten billigen Atomstrom beziehe. Er denke nicht im Traum daran, die mittels teurer fossiler Brennstoffe zu betreibenden Heizkörper anzuwerfen. Der Atom-Heizstrahler reiche aus. Auch mein Hinweis darauf, dass der Verzicht aufs Heizen dem Gemäuer eines modernen Hauses schade und zu Schimmelbildung führen könne, bringt keinen Sinneswandel. Während der morgendlichen Dusche im eiskalten Bad beschliesse ich, auf eine allmähliche Lockerung des strikten Heizverbots hinzuwirken.

Vergebliche Liebesmüh. Diesem frostigen Wochenende folgt eine fiebrige Bronchitis, die ich in meiner wohltemperierten Wohnung auszuheilen gedenke. Doch dann beglückt mich Herr Kernkraft mit seinem Besuch. Mein dezenter Hinweis, dass ich fiebergeschüttelt im Bett liege und nicht in der Lage und Stimmung sei, eine sinnvolle Konversation zu führen, von anderen Aktivitäten ganz zu schweigen, tropft an ihm ab wie Schmelzwasser von einem Eiszapfen. Er platziert sich auf meiner Couch und liest Zeitung. Dann inspiziert er sämtliche Räume wie ein Makler, der die Wohnung einem Interessenten vorführen will. Ich schleiche in die Küche, koche Tee und hoffe, er wird mich in Ruhe lassen. Und ich frage mich, warum er nicht auf die Idee kommt, mich mal zu fragen, ob er mir Tee kochen, Aspirin besorgen oder sich in anderer Form nützlich machen kann. Nach meiner anstrengenden Küchenaktivität plumpse ich wieder erschöpft in die Kissen.

Doch Herr Kernkraft verfolgt seine eigenen Interessen hartnäckig wie ein strahlender Kernbrennstab. „Eigentlich könnten hier doch zwei Leute wohnen", ventiliert er beim Umherschauen. Also daher weht der Wind. Noch günstiger als in der eigenen, unbeheizten Wohnung kann man natürlich in der gut geheizten Wohnung der Lebensabschnittsgefährtin leben.

„Aber von hier ist es sehr weit nach Brokdorf", krächze ich aus wunder Kehle. „Das würde schon gehen", erwidert der Sparfuchs. „Ich habe ja ein Auto." Richtig, das Auto. Ein VW Passat, billig geleast vom Arbeitgeber. In die Familienkutsche hat er, welch grandioses Entgegenkommen, sogar den Beifahrersitz wieder eingebaut. Zuvor hat er im Innenraum sein Surfbrett transportiert, die jeweiligen Mitfahrer mussten sich hinter dem Fahrersitz zusammenkrümmen. „Du bist die erste Frau, für die ich den Sitz wieder eingebaut habe", verkündet er mit einer Emphase, als würde er zur Belohnung zumindest einen Blowjob erwarten. „Scheiß auf dein Auto", schreie ich missmutig hustend aus dem Schlafzimmer in Richtung Couch.

Dann muss ich schon wieder mein warmes Bett verlassen. Der Tee treibt mich aufs Klo. Auf der Toilette ist es kalt. Der Heizkörper ist kalt. Ich denke, oh weh, jetzt krieg' ich auch noch eine Blasenentzündung. Ich hole eine weitere Tasse heißen Tee aus der Küche. In der Küche ist es kalt. Der Heizkörper fühlt sich an wie ein Eisblock. Meine Güte, sollte womöglich mitten in der Heizsaison meine Therme ausgefallen sein? Es würde Tage dauern, bis der Klempner meines Vertrauens mir seine Aufwartung machen würde. Glücklicherweise falscher Alarm, die Therme blubbert fröhlich vor sich hin. Ich schlurfe zum Wohnzimmer – kalt. Dann inspiziere ich mein Büro. Frostig. Herr Kernkraft hat alle Heizkörper in der Wohnung auf Sternchenposition gedreht – Frostschutz.

Ich raste nicht so schnell aus, aber jetzt ist es so weit. „Ich liege hier todkrank im Bett und du drehst mir meine Heizung in meiner Wohnung ab, die ich von meinem Geld bezahle? Hast Du einen Knall? Und in meinem Büro hast

du schon mal gar nichts zu suchen!" Meine eh schon fieb-
rig erhöhte Betriebstemperatur nähert sich dem Siede-
punkt. „Steig in deine verfickte Spießer-Schüssel und lass
dich hier bloß nicht mehr blicken!"

Er kann den Aufruhr nicht verstehen. Er hat es doch
nur gut gemeint. Mit mir und meinen Finanzen. Ich packe
sein spärliches Wochenendgepäck, werfe die Sporttasche
ins Treppenhaus und seine Bad-Utensilien gleich hinterher. Dann bin ich so richtig in Fahrt und kicke den gesamten Krempel die Treppe runter. Und beschließe, alle Ther-
mostate auf tropische Hitze einzustellen und meine Anti-
Bronchitis-Kur mit Grog aufzumöbeln. Heißer Rum kann
bei Erkältungen eine wahnsinnig beruhigende Wirkung
haben. Vor allem, wenn geizige Männer das traute Heim
verlassen haben und sich in Richtung ihrer heimatlichen
Atom-Heizstäbe auf Nimmerwiedersehen verpissen.

Papier und die Kunst des Durchhaltens

Für das erste Treffen mit einem potenziellen Partner gibt es diverse Möglichkeiten. Ich verbinde es gerne mit einem kulturellen Erlebnis, da hat man gleich ein Thema für den verbalen Austausch. Schön ist es, wenn auch der Mann so denkt und einen entsprechenden Vorschlag macht. Nicht schön ist es, wenn der eigene Vorschlag in dieser Richtung so auf nullkommanull Interesse stößt, ja sogar abgebügelt wird mit Worten wie: „Ich dachte, was willst du denn, das ist doch ein Date und keine Fortbildung" (Beispiel korpulenter Konrad). Das wäre eigentlich der richtige Zeitpunkt gewesen, um stracks kehrt zu machen und wieder in Richtung Heimat zu düsen. Einer meiner vielen Fehler im Beziehungs-Lotto, nicht sofort die Konsequenz zu ziehen, sondern gutmütig-trottelig den schrecklichen Abend oder Vormittag in voller Länge zu absolvieren.

Aber es gibt auch positive Beispiele. Wie das von Müffel-Michael. Dieser Herr schlug vor, sich samstags auf der Messe BuchDruckKunst im Hamburger Museum der Arbeit zu treffen. Diese ist wirklich zu empfehlen für alle Menschen, die ein Faible für hochwertiges Papier, schön gestaltete Bücher und klassische Handwerkskünste haben. Ich war begeistert. Papier! Bücher! Alte Maschinen! Doch Nomen est Omen, man ahnt es schon, auch das Interesse für kulturelle Highlights ist keine Garantie für ein gelungenes Matching. In dieser Richtung helfen natürlich auch nicht die vielen positiven Matching-Punkte, die Online-Plattformen nach angeblich wissenschaftlichen Kriterien vergeben. Denn die können zwar bestimmte Interessen und Persönlichkeitsmerkmale abgleichen, aber viele andere wichtige Punkte nicht. Zu diesen Punkten zählt etwa die Einstellung zur Körperpflege und zur Einhaltung von Distanzzonen. Dies betrifft – wie übrigens viele Details in diesem Buch – natürlich beide Geschlechter.

Und so wird auch die Messe BuchDruckKunst zunächst zu einer Dating-Enttäuschung, stellt sich jedoch letztlich als Gewinn und als keineswegs verplemperte Zeit heraus. Doch nun der Reihe nach.

Ich treffe mich mit Michael im Eingangsbereich des Museums und bezeuge meine Begeisterung bezüglich seiner Wahl der Location. Meine Kleidung ist leger, seine schlampig; sein Pullover ist ausgeleiert und die Schuhe sind runtergeschlappt. Das mag jetzt oberflächlich klingen – vielleicht musste Michael ja kurz vor dem Start noch dringend die Heizung reparieren, seinen Balkon bepflanzen oder den Keller aufräumen. Wer weiß. Aber ein derartig nachlässiges Outfit zeugt trotz allem von einer Einstellung nach dem Motto „mir doch egal" oder „ich bin ein wertvoller Mensch, wer Tiefgang hat, interessiert sich nicht für meine Klamotten". Ich interpretiere das zunächst als unfreiwilligen Hinweis darauf, dass da schon lange kein unterstützendes Händchen einer Frau am Werke war.

Trotz einer gewissen Skepsis bezüglich unserer Kompatibilität lächle ich Michael freundlich an, er kann seine Begeisterung kaum zügeln. Nun gut, welche Frau freut sich nicht über Komplimente. Wir beginnen unseren Rundgang durchs Erdgeschoss. Ich bin hin und weg. So viele tolle Grußkarten, Briefpapiere und Drucke! Vor allem die Werke des Künstlers Artur Dieckhoff haben es mir angetan. Er präsentiert unter anderen zwei Holzschnitte mit dem Motiv *Druckfehlerteufelin* an seinem Stand.

Das ist die weibliche Variante des heimtückischen Druckfehlerteufels; so nennen Vertreter des grafischen Gewerbes mit einem Augenzwinkern einen imaginären Bösewicht, den sie für die besagten Druckfehler verantwortlich machen, die sich heimlich in Texte schleichen. Ich überlege. Soll ich die Variante mit der Vorderansicht und den nackten Titten kaufen? Oder lieber die Teufelin in Rückenansicht mit Schwänzchen und Popo? Beide Druckfehlerteufelinnen sind wirklich reizend. Ich frage Michael um Rat. Er rückt näher an meine Seite und tätschelt meinen Arm. Er mieft.

Auch das noch. Um das Maß des Unangenehmen in dieser Begegnung voll zu machen, bemerke ich, dass er nicht nur das Duschen oder den Klamottenwechsel heute früh vergessen hat. Er hat zu allem Überfluss auch seine Zähne nicht geputzt und schlimmen Mundgeruch. Ab jetzt heißt die Devise nur noch: Wie komme ich schnellstmöglich aus der Nummer hier wieder raus. Andererseits: Ich habe ja längst noch nicht alle interessanten Sachen hier gesehen. Abhauen oder durchhalten? Es ist seltsam, dass ich auf die nächstliegende Variante gar nicht komme: ihm zu sagen, dass es mir furchtbar leid tut, aber dass ich die Messe ab jetzt ohne ihn abklappern will und dass aus uns keinesfalls etwas wird. Ich gebe es zu: Ich bin ein Feigling.

Also sage ich Herrn Dieckhoff, dass ich mich später entscheiden werde. Und trotte weiter neben dem mehrfach-miefenden Michael her. Er pustet mir weiter unter extremer Verletzung der Distanzzone seinen stinkenden Atem ins Gesicht und betatscht weiter meinen Arm, auch dagegen wehre ich mich nicht. Ich sage ihm auch nicht, dass ich kürzlich gelesen habe, dass Robert de Niros Gattin Grace Hightower sich von ihm angeblich getrennt hat, weil er stinke und sie alle Fenster aufreißen müsse, um den Geruch loszuwerden. Hygiene scheint kein Problem einer bestimmten Schicht oder Einkommensklasse zu sein.

Wir treffen auf zwei Arbeitskolleginnen von Michael, die erstaunt mich taxieren und mit angewidertem Gesicht ihn, tuscheln und sich schnell verziehen. Sein Kontaktversuch wird rüde abgeblockt – ob er wohl – „me too" hin oder her – auch bei der Arbeit tatscht?

Jetzt schlägt Michael vor, einen Kaffee zu trinken. Lethargisch füge ich mich seinem Wunsch, stürze meinen Kaffee runter und beobachte die Szenerie. Michael versucht Konversation. Mir fällt nichts Sinnvolles mehr ein. Ich frage ihn nur noch, ob er den Schlager kennt, *Du hast den Farbfilm vergessen, mein Michael,* der in den 70ern ein Hit von Nina Hagen in der DDR war. Er verneint.

Der Zahnputz-Vergesser tatscht auf meinem Arm rum. Und, ist es zu glauben, ich lehne mich nur etwas zur Seite, sage jedoch nicht, dass er das gefälligst lassen soll. Warum um Himmels willen? Das ist doch nicht normal. Ansonsten habe ich eine böse Klappe, doch in derart eindeutigen Belästigungs-Situationen bin ich zu feige, dem Typen Grenzen zu setzen? Meine Güte. Ich habe Freundinnen, die schon deshalb ein Date abgebrochen haben, weil der Herr ein billiges, kariertes Hemd trug. Und ich lasse mir bakteriell verseuchten Atem ins Gesicht pusten und auf dem Arm rumtatschen.

Doch irgendwann ist auch dieser Museumsbesuch zu Ende und ich fliehe. Nichts wie weg hier, die Druckfehlerteufelin hole ich später. Aber danke, Michael, die Idee mit der DruckKunstMesse war klasse. Zuhause checke ich meine E-Mails. Er hat mir schon geschrieben, dass er bemerkt habe, dass ich mich zurückziehen wolle und dass ihm das immer wieder passiert bei attraktiven Frauen und er einfach nicht weiß, was er falsch macht. Und ich solle bitte offen schreiben, was mich stört. Ich schreibe, dass ich es leid bin, mich rauszuputzen und dann auf Männer treffe, die sich nicht geringste Mühe geben, ordentlich auszusehen. Und dass ich keine Stilberatung mache, aber eine Bekannte habe, die das professionell anbietet. Ich schreibe nichts von Schweiß und Mundgeruch. Das ist mir einfach peinlich. Ich bin ein Feigling. So wie die anderen Kandidatinnen offensichtlich auch. Andererseits – ist es meine oder unsere Aufgabe, ihn auf derartige Defizite aufmerksam zu machen? Hat er keine Freunde oder Familie, die ihm auf die Sprünge helfen? Und lassen seine Kolleginnen ihm durchgehen, wenn er sie antatscht? Oder macht er das nur bei Frauen, die er privat trifft?

Ist letztlich doch egal. Ich erinnere mich nicht, ob er sich für die Antwort bedankt hat. Delete and forget. Tags drauf, an einem wunderbaren Sonntagmorgen, kaufe ich bei Herrn Dieckhoff die Rückenansicht der Druckfehlerteufelin. Trotz Mief: Danke, Michael!

Dick pics und Cunnilingus

Der erotische Briefroman ist ein beliebtes Genre der Literatur. Ob *Die Memoiren der Fanny Hill* oder der Aufklärungsroman *Der gelüftete Vorhang* des *Comte de Mirabeau*, um nur zwei der zahlreichen Werke zu nennen, in jedem Falle versprechen Sie dem Connaisseur angenehme Stunden und anregende Lektüre. Dies gilt vor allem dann, wenn sie passend bebildert sind, was in meiner *Mirabeau*-Ausgabe eindeutig der Fall ist. Sie enthält nicht nur delikate Geschichten über erotische Erfahrungen, sondern auch Illustrationen von Zeitgenossen *Mirabeaus*, die eine künstlerisch deutlich bedeutendere Qualität aufweisen als viele jener Machwerke, die aktuell erotische Szenen in Print- und Online-Medien bebildern. Außerdem verfügen die Bilder im *Mirabeau*-Roman über den enormen Vorteil, dass sie sich in Papierform manifestieren.

Die Erotik-Werke der heutigen Zeit – bei denen es sich leider nur allzu oft um triviale Darstellungen des Sexualaktes ohne jeglichen künstlerischen Anspruch handelt – sind meist nur Dateien aus Bits und Bites. Pornos werden heute überwiegend im Internet konsumiert und daher für Menschen produziert, die auf Bildschirme starren. Und viele der Konsumentinnen und Konsumenten agieren auch als Laiendarsteller und scheuen sich nicht, ihren eigenen Matratzensport zu filmen und einer unbeschränkten Zahl von Voyeuren zu präsentieren. Geradezu schockierend ist dabei die Selbstverständlichkeit, mit der sowohl körperliche Mängel als auch geschmackliche Defizite bezüglich des heimischen Settings zur Schau gestellt werden.Nun gut, *de gustibus non est disputandum*, über Geschmack lässt sich nicht streiten, wie einer der Zeitgenossen *Mirabeaus*, der Gastro-

Philosoph *Jean Anthelme Brillat-Savarin*, anmerkte. Dies gilt auch für Sex und Erotik. Während manche Damen aufreizende Fotos von sinnlichen Lippen oder üppigen Dekolletés an Interessenten versenden, um deren Sinne zu betören, verschicken Herren gerne Darstellungen ihres vermeintlich besten Stücks. Dies wurde kürzlich erst im Privatfernsehen thematisiert, als die beiden Spaßvögel Joko und Klaas 15 Minuten ihrer wertvollen Sendezeit einigen Moderatorinnen zur Verfügung stellten, die über ihre unerfreulichen medialen Begegnungen mit unbekannten Herren berichteten. Die Moderatorinnen konzipierten eine Ausstellung mit dem Titel *Männerwelten*, die sie in einer 15minütigen Sendung auf *Pro Sieben* vorstellten. Dort berichteten sie, was Männer an sogenannten *Dick Pics* und anderen Unsäglichkeiten an sie gemailt hatten. Befördert durch die Anonymität der sogenannten sozialen Medien sind offensichtlich Beleidigungen der übelsten Sorte und die Belästigung mittels eindeutiger Fotos, insbesondere durch Penis-Schnappschüsse, für Frauen an der Tagesordnung.

Da überrascht es nicht, dass auch im privaten Beziehungsgestrüpp – oder in dessen Vorfeld – pornografische Bilder verschickt werden. Auch mein erst vor wenigen Wochen in einen festen Beziehungsstatus aufgerückter Freund Heiner, seines Zeichens erfolgreicher Versicherungsmakler, zwangsbeglückte mich aus dem Urlaub mit einschlägigem Fotomaterial. Er verbrachte die Ferien mit seinen beiden Teenagersöhnen auf dem Campingplatz und zog sich dort auf die Toilette zurück, um mal eben seinen Penis abzulichten. Das Ergebnis seines kreativen Schaffens versandte er per E-Mail.

Die Nachricht erwischt mich auf dem Sprung. Unten wartet bereits das Taxi zum Flughafen, als ich eben noch meine Mails checken will. Pling! Da ist er. Rot und erigiert und sieht irgendwie bedrohlich aus. Ich erschrecke, haue versehentlich auf die Tastatur des Laptops und schwupps, das Bild ist verschwunden. Einfach weg! Boing, zack, weg. Auf der Festplatte? Oder in den digitalen Weiten des Universums? Keine Ahnung. Als Meisterin der Horrorszenarien stelle ich mir vor, was alles passieren könnte, sollte ich die Datei nicht mehr wiederfinden. Das Flugzeug stürzt ab, meine Verwandten durchwühlen meinen Nachlass, durchforsten meinen ungeordneten Datensalat und plötzlich – pling! taucht das erigierte rote Teil wieder auf. Was mir angesichts meines dann Tot-Seins eigentlich egal sein könnte. Oder ich überlebe den Flug, muss jedoch mal wieder meinen IT-Menschen bitten, die Software upzudaten. Pling! springt ihm das erigierte Teil auf dem Bildschirm vors Gesicht. Wie peinlich wäre das denn!

Hallo ihr Männer: Was soll das? Also nichts gegen virtuellen Sex – aber warum ein derart unerwartetes und ungeschickt präsentiertes Pixel-Paket? Die Comedy-Frau *Carolin Kebekus* brachte das Problem auf den Punkt – sie wünsche sich nette Worte und Blumen, aber doch keine *Dick pics*! Psychologen beurteilen diese Männer-Marotte ziemlich einheitlich als Form des Exhibitionismus. Früher rissen die Typen vor Frauen den Mantel auf, um ihr Teil zu zeigen. Heute versenden sie Fotos. Was übrigens mehrere Straftatbestände erfüllen kann.

Dies gilt auch für Sexszenen. Ein Chatpartner auf der Plattform Finya schickte mir mehrfach Illustrationen von Cunnilingus-Szenen per WhatsApp – Mann leckt Frau in ihrer Intimzone. Natürlich geschah das nicht ohne Hintergedanken, er wollte schon mal deutlich machen, wie er sich eine Beziehung auf körperlicher Ebene vorstellt: „Also eine Frau liegt bei mir prinzipiell nicht oben, aber lecken tu ich gerne." Gut, dass wir darüber gesprochen haben. Irgendwie war ich dann doch nicht sein Typ. Er verabschiedete sich beleidigt mit der Begründung, ich sei ihm bei unserer Konversation zu unengagiert. Wahrscheinlich hätte ich ihm Bilder von Blow Jobs mailen sollen.

Smörrebröd und Mafia

Ein positiver Aspekt der Globalisierung ist, dass man die Partnersuche internationaler und damit interessanter gestalten kann. Vor allem in Großstädten finden sich Menschen aus nahezu aller Herren Länder und aus den unterschiedlichsten Ethnien, sodass man im wahrsten Sinne hautnah testen kann, welche landmannschaftlichen Besonderheiten – neben den sowieso vorhandenen individuellen Marotten – zu den persönlichen Eigenheiten passen.

Doch die länderübergreifende Glückssuche hat auch diverse Nachteile. So kann es vorkommen, dass ein Date – völlig unbeabsichtigt von beiden Seiten – zu Kontakten mit mafiösen ausländischen Strukturen führt. Wie etwa das online eingefädelte Rendezvous mit einem dänischen Starkoch, nennen wir ihn Alfred. Also im Sterne-Restaurant *Noma* in Kopenhagen hat er wohl nicht gekocht – oder ich habe trotz *Google* keinen entsprechenden Hinweis gefunden. Aber Sterne hin oder her, egal. Alfred schlägt ein Treffen in einem Nobelhotel vor, in dem er nach eigener Aussage mehrmals für einen längeren Zeitraum logiert hat. Hotels bieten eine belebte, öffentliche Umgebung und kommen mir daher für meine amourösen Absichten entgegen – besser ein öffentliches Date als irgendwo versteckt und ohne Zeugen, wer weiß, was passiert. Der einzige Nachteil bei Dates in Hotels ist, dass man als Frau vom Personal gelegentlich missmutig beobachtet wird; der Grund ist einfach, dass die Damen, die gestylt in der Lobby abhängen, häufig einschlägige Ambitionen bezüglich der anwesenden Männer haben und ihre Dienste teils sehr freimütig gegen Honorar anbieten. Doch dieses Verwechslungsrisiko gehe ich ein.

Hübsch zurechtgemacht und guten Mutes mache ich mich auf den Weg. Es ist später Nachmittag. In der Lobby des Hotels sitzen eine Menge Anzugträger und trinken Bier. Nun ja, irgendwo auf der Welt ist es bestimmt schon sechs Uhr, da kann man sich schon mal ein paar frühe Sundowner gönnen. Ich schaue mich um, Nutten sehe ich keine und auch Alfred ist nicht in Sicht. Vielleicht erkenne ich ihn nicht? Das Foto auf der Dating-Plattform war etwas verwaschen, es hatte so eine Paparazzi-Anmutung, wie mit Teleobjektiv heimlich aufgenommen. Meine Banker-Freundin Barbara meinte: „So stell ich mir einen Waffenhändler vor, der gerade einen Deal eintütet." Sie hat eine blühende Phantasie, vielleicht, weil ihre Kunden und Kollegen ihr auch ständig phantasievoll aufgeblasene Storys erzählen, damit sie ihre Zustimmung zu Millionenkrediten gibt. Was in der Regel nicht funktioniert.

Um Barbara zu beruhigen, habe ich mich einverstanden erklärt, mich während des Dates immer wieder telefonisch bei ihr zu melden und über den Fortgang des Treffens zu berichten. Ihr ist der Typ nicht geheuer, ich sehe die ganze Geschichte gelassener. Aber gut, meinetwegen, ich verspreche anzurufen. Ich setze mich an den einzigen freien Tisch des Coffee-Shops, neben mir haben sich ein paar schwäbische Geschäftsleute niedergelassen. Sie palavern laut und machen sich wichtig. Von Alfred keine Spur.

Dummerweise haben wir auch nicht verabredet, wie wir uns erkennen können, Zeitung unterm Arm, rote Rose in der Hand oder Ähnliches. Ich habe einen auffallenden zitronengelben Mantel an, das nützt aber nichts, weil das der dänische Sternekoch ja nicht weiß. Ich versuche, ihn anzurufen, aber er nimmt nicht ab. Ich trinke Tee und langweile mich und denke schließlich, dass es mir grad wurscht ist, wenn er nicht auftaucht. Dann gehe ich eben ins Kino.

Dann ruft Barbara an und fragt, was los ist. Die Schwaben nuckeln gelangweilt am Bier, ihr Gespräch ist eingeschlafen. Da könnte ich doch für eine willkommene Abwechslung sorgen, ich denke ja immer für meine Mitmenschen mit. Ich lächle zu ihnen rüber und berichte Barbara deutlich vernehmbar in mein Handy: „Der Waffenhändler ist noch nicht aufgetaucht." Jetzt habe ich die vollkommene Aufmerksamkeit der Anzugtypen. Die halten mich wohl für eine windige Geschäftemacherin im Auftrag eines Staates, eines Despoten oder gar der organisierten Kriminalität. Als leicht histrionische Persönlichkeit (Histrioniker zeichnen sich laut *Wikipedia* durch egozentrisches, dramatisch-theatralisches Verhalten aus) gefällt mir mein neuer Status als vermeintliche Komplizin eines Waffenhändlers; ich krame in meiner Tasche, die pikanterweise auch noch mit einer Filzpistole beklebt ist.

Dann kommt tatsächlich Alfred angeschlendert. Er hat einen altmodischen Zweireiher an und einen etwas abgewetzten Trenchcoat, aber gut, das geht als exzentrische Patina durch. Ebenso seine gekonnt derangierte Frisur, die jedoch den 100 Euro-Haarschnitt noch vage erkennen lässt. Wir begrüßen uns mit Küsschen links und rechts wie alte Freunde. Alfred hat mir Rosen mitgebracht und bestellt gleich Champagner. Die Schwaben nuckeln weiter an ihrem Bier und staunen. Alfred spricht nahezu akzentfrei Deutsch und ich schäme mich, dass meine Fremdsprachenkenntnisse sich auf Schul-Englisch, das Lesen einer französischen Speisekarte sowie Fluchen auf Amerikanisch und Spanisch beschränken. Alfred erzählt aus seinem Leben. Er ist geschieden, kümmert sich aber immer noch um die Teenager-Tochter seiner Ex-Frau. Zum Kochen hat er keine Lust mehr, er hat jetzt ein internationales Unternehmen als Immobilienentwickler. Damit ist er wohl reich geworden, wie ich aus einigen Andeutungen schließe. Aber er ist kein Aufschneider, sondern einfach großzügig und locker. Wir wechseln vom Coffee-Shop ins Hotelrestaurant. Die Schwaben schauen uns bedauernd hinterher.

Im Steak-Restaurant ordert Alfred *Surf and Turf*, ich finde die Kombination aus Schalentieren und Steak gewagt, aber man kann sie ja mal probieren. Wir spachteln Unmengen von T-Bone-Steak und Hummer, lachen viel, verstehen uns prächtig und probieren verschiedene Desserts, die Alfred fachmännisch kommentiert. Ein Gourmet-Däne ohne Smörrebröd – Ich fühle mich wohl und erzähle von meiner Tätigkeit als Autorin. Alfred fragt, ob ich für die Website einer Firma schreiben wolle, an der er sich kürzlich beteiligt hat. Er ruft gleich einen der beiden Geschäftsführer in Kopenhagen an. Wir beschließen, dass wir gemeinsam nach Kopenhagen fahren und vor Ort alles mit seinen Kompagnons besprechen. Doch zuvor will Alfred noch Möbel für seine Terrasse kaufen. Wir verabreden, demnächst zu einem Spezialgeschäft aufs Land zu fahren, um schöne Terrassenmöbel zu ordern. Dann bestellt mir Alfred ein Taxi, bezahlt den Fahrer im Voraus und trägt ihm auf, mich bis vor die Haustür zu bringen. Ein Gentleman! Wow. Ich bin beeindruckt. Zuhause sehe ich schon eine WhatsApp. Er bedankt sich für den schönen Abend und schreibt, dass er sich auf unser nächstes Treffen freut. Ich rufe am nächsten Tag gleich in dem Gartenmöbelladen an und bitte darum, uns für Samstag in zwei Wochen einen Berater zu reservieren.

An besagtem Samstag bereite ich einen Picknickkorb vor mit französischer Salami, Baguette, Käse, einer Flasche Merlot sowie einer weißen Tischdecke samt passender Stoffservietten. Damit wir es gemütlich haben, packe ich zum Korb noch eine flauschige Picknickdecke mit einem Blumenmuster in optimistischem Orange. Ich bin frohgemut. Das Leben ist schön.

Samstags holt mich Alfred in seinem Mercedes-Coupé ab. Er schenkt mir wieder Rosen und überreicht mir eine flache Schachtel aus glänzendem Karton von *La Perla*. Er lächelt und sagt: „Schau nach, ob dir das gefällt." Ich sage „Mh, mal sehen" und lächle ihn an. *La Perla* ist ein Dessous Label. Ich öffne den Karton und bin etwas irritiert. Er enthält halterlose Strümpfe und Dessous mit Spitze. Alfred sagt: „Jetzt brauchst du nur noch passende High Heels. Und ein scharfes Kleid."

Nichts gegen scharfe Kleider – aber das alles finde ich doch zu sehr mit der Tür ins Haus gefallen. Ich sage: „Vielen Dank, aber eigentlich trage ich nicht so gerne Strümpfe und High Heels. Mit hohen Absätzen kann ich nicht so gut gehen." Alfred legt den Kopf schief, grinst und sagt: „Du sollst mit diesen Schuhen nicht gehen." Da fällt bei mir der Groschen. Er will, dass ich die Dessous samt High Heels im Bett trage. Doch nicht so ganz der Gentleman, der Gute. Ich beschließe, mich nicht aufzuregen. Unsere unterschiedlichen Meinungen zum Verhältnis zwischen Mann und Frau können wir später ausdiskutieren.

Wir treffen uns immer wieder in seiner riesigen Altbauwohnung. Der Sex ist klasse. Ich fühle mich toll mit *La Perla* und High Heels. Doch als ich in seinem Bad rumschnüffle, finde ich Unmengen an Medikamenten und

Tütchen mit weißem Pulver. Ich spreche ihn darauf an. Er sagt: „Das ist gegen Stress." Ich überlege, ob ich die Tütchen in ein Labor bringen und analysieren lassen soll. Aber wozu? Um ihn bei der Polizei zu verpfeifen? Um ihn zu einer Entziehungskur zu überreden? Vielleicht ist das ja auch gar kein Koks. Vielleicht ist das ja nur ein Beruhigungspulver. Valium oder so.

Wir gehen einkaufen in Designerläden, er fläzt sich in die Sessel, lässt sich Champagner kredenzen und ich muss vor ihm rumstolzieren. Das ist mir peinlich. Ich will keine ausgehaltene Geliebte sein, die Sex gegen Fummel und Schmuck tauscht. Als ich ihm das sage, ist er eingeschnappt. Vielleicht habe ich nur die falsche Einstellung? Kann Großzügigkeit verkehrt sein? Wenn man bedenkt, wie geizig die meisten Männer sind? Sind Dessous-Geschenke uncharmant? Was wäre ein richtig romantisches Geschenk? Ich lasse das Thema auf sich beruhen. Und ziehe ohne weitere Kommentare *La Perla* und High Heels an. Er lächelt, wenn ich zum Bett gestöckelt komme. Ich lächle auch. Wir haben tollen Sex. Das Leben ist schön.

Dann steht unsere Landpartie bevor. Es soll sonnig werden. Ich räkle mich auf dem Beifahrersitz des Jaguar-Cabrios. Doch Alfred genießt den Ausflug nicht. Er ist nervös und schaut ständig in den Rückspiegel. Ich frage eher zum Spaß: „Was ist los? Hast du Angst, dass wir verfolgt werden?" Er schweigt. Seine Lippen sind zwei schmale Striche, auf seiner Stirn steht Schweiß.

„Ich habe Stress", sagt er schließlich und fährt mit quietschenden Reifen um eine Kurve. Mir ist etwas mulmig zumute. „Komm, wir machen eine Pause", schlage ich lächelnd vor, um ihn zu beruhigen. „Schau mal, Trüffelsalami und Rotwein. Lass uns etwas essen." Er hält tatsächlich an, wir steigen aus und legen uns unter Bäume. Ich schneide das Baguette, Salami und Käse auf und schenke von dem Rotwein in die kleinen bunten Bechergläser ein, die ich mal in Südfrankreich gekauft habe. Alfred zieht eine Grimasse, die wohl als Lächeln durchgehen soll, aber definitiv keines ist. Meine Güte, denke ich, der Typ hat doch richtig Angst, dem schlottern ja förmlich die Knie. Ich drücke ihn sanft auf die Decke und bitte ihn, sich zu entspannen. Um ihm dabei zu helfen, streichle ich ihn und denke, dass das wohl keine richtig romantische und schon gar keine erotische Begegnung in freier Natur wird. Alfred sagt: „Lass uns fahren." Er hat kaum etwas gegessen. Nach einer halben Stunde kommen wir in dem Möbel-Showroom an. Alfred hat sich etwas beruhigt. Ich frage nach dem Berater. Der hat ein freundliches Lächeln aufgesetzt und kommt herbeigewetzt. Ich bewundere die tollen Sessel, Liegen und Sofas. Alfred bestellt dies und das und scheint sich wohlzufühlen. Wir kommen in den Genuss von Cappuccino und einem Fachgespräch. Dann fahren wir zurück. Alfred setzt mich zuhause ab. Ich warte auf eine Nachricht. Vergeblich. Er meldet sich nicht mehr.

Von dem Phänomen *Ghosting* habe ich schon gehört und in diversen Zeitschriften gelesen, unter anderem im Fachblatt *Psychologie heute*. Dort wird *Ghosting* beschrieben als das Verhalten von Menschen, die einfach spurlos verschwinden und ohne Nachricht den Partner, die Partnerin, ihre Familie verlassen. Sich verflüchtigen wie ein Geist. Ist Alfred so ein Geist? Wohin ist er abgehauen? Ich bin stinksauer und rufe bei der Möbelhandlung an, ob er seine Liegen und Sessel abgeholt hat. Nö, er hat die Bestellung storniert. Die Anzahlung hat er verfallen lassen.

Was ist hier los? Und vor allem: Ich habe schon, wie vereinbart, an der Website des dänischen Unternehmens gearbeitet. Wird er meine Rechnung bezahlen?

Nein, das wird er nicht. Ich rufe ihn mehrfach an, schließlich meldet er sich tatsächlich, es knackt in der Leitung und er sagt, er sei in China. China? Was zum Teufel macht er in China? Von China war nie die Rede. Ich rufe seine Geschäftspartner in Kopenhagen an. Sie drucksen am Telefon etwas rum. „Alfred is bankrupt", sagt Magnus zögerlich. „He had a deal with dangerous people." Was zur Hölle soll das denn? „With dangerous people from Latvia, Mafia I guess. They took all his money."

Warum passiert so etwas immer mir? Warum treffe ich einen lustigen, interessanten Mann, der sich von lettischen Mafiosi übers Ohr hauen lässt? Armer Alfred. Da hat er sich wohl überschätzt. Ich hoffe, er entkommt den Ganoven. Und ich bin froh, dass ich mit denen nichts zu tun habe. Wenigstens habe ich noch diverse Dessous, High Heels und den Laptop, den er speziell für den Website-Auftrag gekauft hat.

Ich schwöre mir selbst, nie mehr für oder mit einem Date zu arbeiten. Privates und Berufliches sollte strikt getrennt werden. Schon aus Selbstschutz. Ohne Ausnahme! Ich hoffe, dass die lettischen Typen nicht meine Kontaktdaten haben. Und vor allem mich nicht als Alfreds Geschäftspartnerin identifizieren. Und womöglich eines Tages vor meiner Tür stehen. Oder sie pengpeng aufschießen und mich foltern, damit ich ihnen sage, wo Alfred ist. Was ich ja gar nicht weiß, weil er als Geist einfach verschwunden ist. Eigentlich ein Glück – wie hätte ich reagiert, wenn er bei mir Unterschlupf gesucht hätte? Besser nicht drüber nachdenken. Er hatte sein Verschwinden wohl gut geplant. Seine Wohnung ist vermietet. Die Mieter fertigen mich an der Sprechanlage ab. Nein, sie wissen nicht, wo er ist. Ciao.

Das Leben könnte so schön sein. Wenn, tja, wenn Männer einfach vernünftiger wären. Hätte ich das Verhängnis ahnen können? Warum hast du nicht weiter für Sterne gekocht? Handwerk hat doch goldenen Boden, Alfred! Ich hätte mit dir sogar ein Restaurant geschmissen, du Blödmann! Ein Leben ohne Single-Convenience-Gerichte! Austern, Foie Gras und Liebe! Wunderbar!

Trotz alledem – wir hatten eine gute Zeit. Ich hoffe, du bist ohne schlimme Friktionen aus dem Schlamassel rausgekommen, mein lieber Alfred. Melde dich mal, wenn du wieder in der Nähe bist. Ich habe noch die Dessous….

Verwechslungen

Bei diesen ganzen Dating-Geschichten kann man wirklich durcheinander geraten. So ist es mir schon mehrfach passiert, dass ich einen Herrn, der mich telefonisch kontaktierte, mit einem falschen Namen angesprochen habe. Verflixt, das war dann peinlich, wenn ich freudig überrascht „Holger!" rief und der vermeintliche Holger dann ziemlich pikiert blökte: „Hier spricht Ralf!"

Holger, Ralf, was soll's, Namen sind Schall und Rauch. Irgendwie hatte ich bei den meisten Dates wohl das Gefühl, dass es sich nicht lohnen würde, mir deren Namen zu merken. Zudem habe ich sowieso ein lausiges Namensgedächtnis. Und der vermeintliche Holger, der echte Ralf oder wer auch immer, war eindeutig betrunken und lallte. Ein sinnvolles Gespräch war nicht möglich. Völlig wurscht, wie ich den anredete, sein Name war wahrscheinlich eines der wenigen Details, die er in dem Zustand noch in den grauen Zellen parat hatte. Ich beschloss, das Theater kurz und schmerzlos zu beenden. Und rief: „Du bist betrunken! Deshalb hast du auch keinen Führerschein! Ein Mann ohne Führerschein ist kein echter Mann!"

Das war nun ziemlich gemein. Andererseits – was soll ich mit einem Säufer namens Ralf, der mir schon beim ersten Date gebeichtet hatte, das ihm die Polizei den Führerschein abgeknöpft hatte wegen Alkohol am Steuer. Dann fiel mir noch ein, dass er mir erzählt hatte, dass er bei Airbus arbeitet. Ach du liebe Zeit, Alkoholiker, die Flugzeuge bauen! Prost Mahlzeit. Das hatte ich auch Brigitte erzählt und sie sagte ganz pragmatisch: „Besser, als wenn er im Cockpit sitzt!" Stimmt nun auch wieder. Fehler beim Bau eines Flugzeugs werden hoffentlich im Zuge von zahlreichen Qualitätskontrollen ausgemerzt, was sich beim Steuern eines Flugzeugs sicherlich schwieriger gestaltet.

Und dann war da noch Herr P., der sich auf meine Chiffre-Anzeige in der Tageszeitung meldete und mich mit einer Dame des horizontalen Gewerbes verwechselte, die er nach eigenen Angaben regelmäßig aufsuchte. Er unterbreitete mir, der „lieben Lisa" in ungelenker Handschrift das Angebot, fürderhin ausschließlich ihm zu Diensten zu sein. Eine sympathische junge Dame wie ich solle nicht, so die Meinung von Herrn P., ihren Lebensunterhalt auf diese Weise verdienen – indem sie mehreren Männern zu Willen war. Er bevorzuge ein exklusives Beziehungsmodell, so Herr P. Er habe mich in der Anzeige aufgrund des Stils der Formulierungen sofort identifiziert und wolle mir aus meinen offensichtlichen Geldnöten heraushelfen; ein wahrhaft großzügiger Gedanke. Ich beschließe, nicht darüber nachzudenken, welche Formulierungen den Schluss zulassen, dass ich ein Escort-Girl bin. Seinen Plan kann ich dennoch nicht gutheißen. Zum einen bin ich definitiv nicht Lisa, zum anderen habe ich keine Lust auf den Status als ausgehaltene Geliebte. Zumal Herr P. weder ein Foto mitgeschickt hat noch sonstige Details zu seiner Person verrät. Sein ziemlich verschwurbeltes Schreiben lässt keine Hoffnung in mir aufkeimen, dass es bei ihm und mir zu einem Match kommen könnte. Ich verwerfe auch den Gedanken, mich mit ihm just for fun zu treffen und die Dinge, um des Entertainments willen, einfach mal auf mich zukommen zu lassen.

Stattdessen durchforste ich in den folgenden Wochen die Presse nach Horrorgeschichten über missratene Flugzeugprojekte. Doch so etwas wird wohl nur publik bei richtig dramatischen Fehlern. Ralf scheint keinen derartigen verursacht zu haben. Oder er wurde wieder ausgebügelt. Oder der gute Ralf ist gar nicht für entscheidende Teile zuständig, sondern nur für die Taschen an den Rückenlehnen der Flieger mit den Ferienkatalogen und den Spucktüten. Vielleicht hat ihn sein Arbeitgeber auch, wie angedroht, bereits nach Harbin in Nordchina abgeschoben, wo es sechs Monate im Jahr Frost gibt und Ralf dann mit seinen chinesischen Kollegen Kunstwerke aus Eis bauen kann für das berühmte Harbin-Eisfestival und sich zwischendurch mit dem Teufels-Schnaps Kweichow Moutai aufwärmen kann, der auf Europäer angeblich wirkt wie das Lecken an einem Reibeisen. Prost, oder wie der Chinese sagt: Ganbei!

Ein Walker ist kein Lover

Sodann kontaktiert mich auf meine Zeitungsanzeige Adrian per Brief, ein sehr gut aussehender, allerdings deutlich jüngerer Mann. Wir treffen uns in einem Café, trinken Saft und unterhalten uns angeregt. Ich erläutere ihm den Hintergrund der Annonce: Dass ich ihn gerne als Begleiter bei einer Party dabeihätte, auf der mit hoher Wahrscheinlichkeit auch mein letzter mehrjähriger (auch die gab es!) Ex-Partner auftauchen würde, den ich mit einem gut aussehenden neuen Lover eifersüchtig zu machen plane. Wir verabschieden uns freundlich und mit dem beiderseitigen Versprechen, uns unbedingt wieder zu treffen. Doch Adrian meldet sich nicht mehr. Kein Wunder. Er hat wohl keine Lust, als Walker mit einer älteren Frau auf Partys zu gehen. Ein Walker ist kein Lover.

So mit der Tür ins Haus zu fallen war ehrlich, aber von mir zugegebenermaßen ungeschickt. Einen potentiellen Partner so offensichtlich instrumentalisieren zu wollen ist blöd und unfair und war nur meiner Verzweiflung geschuldet, dass in punkto Männersuche einfach gar nichts klappen wollte und ich es leid war, auf allen gesellschaftlichen Events alleine aufzutauchen.

Auch dieser Versuch mittels traditioneller Zeitungsannonce scheiterte also bereits im Anfangsstadium und wiederum musste ich mich fragen, ob es überhaupt eine realistische Chance gab, irgendwo in Deutschland, Europa, der Welt, dem Universum, jenen berühmten Seelenverwandten zu finden, nachdem sich so viele Männer und Frauen verzehren. Obwohl – wahrscheinlich doch eher

Frauen. Oder gibt es da draußen einen Mann, der von See-
lenverwandtschaft träumt? Mit einer Frau? Und dieses
Sehnen nicht nur in der Fankurve seiner Fußballmann-
schaft auslebt?

„Romatic love was invented to manipulate women",
konstatierte die Installationskünstlerin Jenny Holzer schon
vor Jahrzehnten. Vielleicht bin ich für dieses Romantik-
Gedöns einfach nicht geschaffen. Ein nur mäßig tröstli-
cher Gedanke, aber immerhin eine Erklärung für mein
Vollversagen in diesem wichtigen Lebensbereich.

Urlaub mit Bunker, Ausflug mit Mafia

Auch wenn sich der Aufbau einer romantischen Beziehung zunächst gut anlässt, gibt es immer noch eine Menge Hindernisse, über welche die Protagonisten des Projekts stolpern können. Blöd ist es, wenn den Verliebten bestimmte Merkwürdigkeiten im Verhalten des Partners erst nach geraumer Zeit auffallen, zum Beispiel seltsame Vorlieben in der Freizeit und beim Urlaub. So kann es passieren, dass schon die Festlegung des Urlaubsziels bei Mann und Frau völlig unterschiedliche Erwartungen weckt. Wie bei meiner Freundin Gloria. Die Ankündigung ihres frisch angetrauten Mannes, für die Flitterwochen einen Urlaub in Frankreich zu planen, weckte in ihr die kühnsten Hoffnungen: Liebesnächte in romantischen Hotels auf dem Land, gemütliche Bistros, Spaziergänge durch Lavendelfelder in der Provence. Was eben Frauen sich so unter Flitterwochen vorstellen. Viele jedenfalls.

Anders ihr Gatte. Nun gut, er konnte auch nichts dafür, dass die erste Nacht in der französischen Provinz aufgrund einer Invasion von penetranten Fliegen im Hotelzimmer, die sich wohl eine Abwechslung vom Misthaufen im Hof erhofften, völlig in die Grütze ging. Gloria empörte sich: „Das waren so dicke, grüne Brummer, ich habe sogar zuhause beim Auspacken noch welche in den Koffern gefunden!"

Doch das war nicht der schlimmste Teil der Reise. Jedenfalls war das Reiseziel *Normandie* so nicht abgesprochen. Während Gloria auf südliche Destinationen hoffte, interessierte sich ihr Gatte eher für geschichtliche Details im Verhältnis zwischen Frankreich und Deutschland. Das ist sicherlich interessant und wäre durchaus eine Reise wert für eine Schul-Exkursion zum Thema Geschichte und Politik. Doch auch Teenager hätten sich wohl gewehrt, sämtliche Bunker von Hitlers Atlantikwall an der Küste der Normandie abzuklappern. Zumal wenn diese inzwischen von weniger geschichtsbewussten Zeitgenossen als Toiletten benutzt wurden und „alle total vollgeschissen waren", wie mir Gloria angewidert berichtete. Meine Güte, Flitterwochen mit Bunkerbesichtigung, was für ein Drama. Das wäre auch ohne Fäkalien schon schlimm genug und gar nicht romantisch.

Generell empfiehlt es sich, bei Reisen im Vorfeld zu klären, wie sie gestaltet werden sollen. Das erhöht die Wahrscheinlichkeit von Erholung und Wohlbefinden. So sollte zum Beispiel die Finanzierung geklärt sein. Wenn mich ein Mann einlädt (was ich nicht erwarte, um das mal klarzustellen – ich habe 99 Prozent meiner Urlaube alleine geplant, verbracht und bezahlt), so gehe ich davon aus, dass er mir persönlich eine Freude machen will. Und dass sich nicht herausstellt, dass ich als Sekretärin oder Assistentin Teil einer Geschäftsreise bin, die sein Unternehmen finanziert. So wie bei Siggi. Siggi war Geschäftsführer eines mittelständischen Betriebs und musste oft Kunden und Partnerunternehmen im Ausland besuchen. Warum er nun ausgerechnet über Ostern nach Ischia fliegen musste, um eine Niederlassung in Neapel zu besuchen – das wurde mir erst im Nachhinein klar. Aber der Reihe nach.

Wir landen in Neapel, schippern mit der Fähre zur schönen Insel und checken im Hotel ein. Siggi bucht gleich eine Massage. Ich will keine Massage. Ich will spazieren gehen, Cappuccino trinken und die Insel erkunden. Ein kleiner, alter Mann schleppt unser Gepäck von der Rezeption über den Hof und mehrere Treppen hinauf in ein abseits liegendes Gebäude. Er schließt die Türe auf und schaut erwartungsvoll. Siggi sagt weder „grazie" noch rückt er einen lausigen Euro Trinkgeld heraus. Er wirft sich aufs Bett und blättert in Geschäftsunterlagen. Ich bin so verblüfft, dass ich gar nichts sagen kann. Ich zücke mein Portemonnaie und gebe dem alten Mann fünf Euro. Siggi guckt grimmig. Der alte Mann schaut mich verwundert an. Nun gut, denke ich, er ist es einfach nicht gewohnt, dass Frauen bezahlen. In Italien ist das nach wie vor nicht üblich, wie mir meine Freundin Birgit erläutert hat, die Italien samt seiner Küche und der aufmerksamen, gut gekleideten Männer liebt. „Italienische Frauen bezahlen nicht", sagt Birgit, „sie kleiden sich gut, sind charmant und lassen sich hofieren." Und sie seien zuhause die Chefs. Ein Modell, das auf den ersten Blick gewisse Vorteile hat.

Ich überlege, warum mich diese Situation in dem schönen Hotel auf Ischia so irritiert. Gehört es zu einer Einladung dazu, dass der Einladende auch das Trinkgeld übernimmt? Oder kann ich mich wenigstes im Kleinen mittels Trinkgeld für die Urlaubs-Einladung erkenntlich zeigen? War Siggi einfach zu erschöpft von der Reise und wollte nur seine Ruhe? Oder ist er generell der Ansicht, dass Trinkgeld eine überholte Gepflogenheit ist und auch in Servicebetrieben wie Hotels und Restaurants abgeschafft werden sollte? Obwohl man doch eigentlich weiß, dass gerade in Hotels und Restaurants das normale Gehalt meist gering ist und die Beschäftigten auf das Trinkgeld angewiesen sind? Oder ist Siggi einfach generell geizig? Jetzt ist es wohl an der Zeit, herauszufinden, ob Siggi und ich im

Umgang mit Dienstleistern ähnlich ticken – oder, so meine Befürchtung, da völlig gegensätzliche Meinungen haben.

Ich beschließe, Siggi nicht zu fragen, wie er es so mit Trinkgeld hält, sondern sein Verhalten weiter zu beobachten. Dann sage ich zu ihm: „Du hast jetzt gleich eine Massage. Wenn Du rechtzeitig im Spa sein willst, solltest du dich auf den Weg machen. Oder anrufen, dass du es dir anders überlegt hast. Ich gehe in der Zwischenzeit spazieren." Siggi schaut grimmig und legt dann los: „Ich bin hier Gast! Ich kann machen, was ich will!" Ich deute das als Hinweis, dass er keine Massage will und auch nicht gedenkt, sie abzusagen.

Ich bin so verdattert, dass ich gar nichts sagen kann. Und nehme meine Handtasche samt Portemonnaie und gehe zurück zur Rezeption. Die nette Rezeptionistin fragt, wo mein Mann ist und warum er nicht zur Massage gekommen ist. Ich zucke mit den Schultern, dann wechsle ich 50 Euro in Fünfeuroscheine. Ich bedanke mich für ihre Mühe und den ersten Schein bekommt sie. Sie schaut mich bedauernd an. Ich lächle. Dann gehe ich spazieren.

Als ich zurückkomme, liegt Siggi immer noch auf dem Bett. Er möchte essen gehen. Der Himmel hat sich verdunkelt und passt jetzt zu meiner Stimmung. Es donnert bedrohlich über der Bucht von Neapel. Der Wind pfeift ums Haus, die alten, einfachverglasten Fenster klappern. Ich checke eine Wetter-App. Über dem gesamten Mittelmeer hängt ein Sturmtief. Über Deutschland hat sich passend zu Ostern ein Hoch mit für die Jahreszeit ungewöhnlich hohen Temperaturen ausgebreitet. Die Nachrichten zeigen Kinder, die in Gärten und Parks bei strahlendem Sonnenschein Ostereier suchen. Erwachsene sitzen in

Gartenlokalen und Eisdielen und schlemmen. Ich sehe einen Eisbecher und ein Glas Radler in Großaufnahme, die Reporterin im luftigen Sommerkleid juchzt.

Eine Windböe zerrt an den Fenstern des Hotelzimmers. Ich schlage vor, das Abendessen aufs Zimmer zu bestellen, denn ich habe keine Lust, bei dem Wetter in unbekannter Umgebung ein Lokal zu suchen. Siggi kramt in seinen Arbeitsunterlagen. Missmutig fragt er mich, was ich essen möchte. Ich sage, dass mir einige Bruschette genügen. Er bestellt Pizza und Bruschette. Als der Roomservice klingelt, gehe ich mit Siggi zur Tür. Er nimmt das Essen, fläzt sich aufs Bett und fängt an zu mampfen. Ich nehme unauffällig meinen Geldbeutel, gehe zu unserem dienstbaren Geist vor die Tür und gebe ihm einen Fünfeuroschein. Er guckt überrascht, lächelt und verschwindet.

Ich habe keinen Hunger und knabbere nur etwas an einer Bruschetta. Inzwischen hat sich aus dem Tief ein veritabler Sturm entwickelt. Ich lese in meinem Reiseführer und überlege, wie sich bei diesem Wetter der Kurzurlaub wohl zufriedenstellend gestalten ließe. Siggi krabbelt an mir herum. Das soll wohl signalisieren, dass er jetzt zum romantisch-erotischen Teil des Urlaubs kommen möchte. Doch ich stelle fest, dass ich keine Lust auf gar nichts habe. Weder auf Siggi im Allgemeinen noch auf Ischia im Sturm und schon gar nicht auf Sex mit dem missgelaunten Siggi. Ich sage: „Ich bin müde" und verschwinde ins Bad. Dann lege ich mich aufs Bett. Statt meines Negligees habe ich eine Gymnastikhose und ein Sweatshirt angezogen. Das dürfte wohl als Hinweis auf meine nicht vorhandene Libido ausreichen. Der Sturm peitscht Regen gegen die klappernden Fenster. Am Himmel zucken Blitze. Ich überlege, ob das Hotel wohl einen Blitzableiter hat, drücke mir Ohrstöpsel so tief es geht in die Gehörgänge und wünsche Siggi eine gute Nacht.

Bevor ich einschlafe, denke ich darüber nach, warum dieser Kurzurlaub sich zu einem solchen Desaster entwickelt. Bin ich überempfindlich? Hat Siggi bemerkt, dass mich sein Verhalten gegenüber dem Personal stört? Hat er bemerkt, dass ich heimlich Trinkgeld verteile, weil mir seine Knickrigkeit peinlich ist? Ist sein Verhalten typisch für erfolgreiche Menschen, die aus kleinen Verhältnissen stammen? Meine Eltern waren auch nicht mit Reichtümern gesegnet und haben sich alles hart erarbeitet. Doch wenn wir mal in ein gutbürgerliches Restaurant essen gingen, was selten vorkam, war es keine Frage, dass bei gutem Service auch ein gutes Trinkgeld gegeben wurde.

Ich wälze Gedanken an meine Kindheit und Jugend und frage mich, ob eine gewisse Großzügigkeit und Empathie für Menschen, die für einen arbeiten, Ergebnisse der Erziehung sind. Oder bin ich nur ein kleinkarierter Parvenü – wie Siggi, der vielleicht nie mit seinen Eltern essen gehen durfte? Und vielleicht nie in Hotels war? Und sich trotz seiner Karriere keine Weltläufigkeit aneignen konnte oder wollte? Oder ist sein Verhalten typisch für viele Menschen, aus welcher Schicht auch immer, die einfach egoistisch und gleichgültig gegenüber ihren Mitmenschen sind und sich keine Gedanken machen über deren Bedürfnisse?

Auf alle Fälle sind Geiz und Rücksichtslosigkeit keine typisch männlichen Eigenschaften. Und nicht beschränkt auf Menschen, die aus kleinen Verhältnissen stammen. Meine Mutter pflegte zu sagen: „Von reichen Leuten kannst du das Sparen lernen." Einen Beweis hierfür lieferte mir ein Bericht von Ella, die in ihrem Kosmetikstudio Menschen aus fast allen Schichten behandelt. Ihre reichsten Kundinnen, geboren mit silbernem Löffel im Mund und mit Millionen auf dem Konto, betrachten die Welt als ihre persönliche Spielwiese, auf der sich Domestiken und anderes niederes Volk zwar tummeln dürfen, aber möglichst, ohne Kosten zu verursachen. Trinkgeld wird gerne in Form preiswerter Naturalien gegeben. Warum Bares verteilen, wenn man gerade einen Apfel oder eine Tafel Schokolade zur Hand hat? Ist eine derart pseudogroßzügige Geste besser als Siggi mit dem Igel in der Tasche, der gar nichts rausrückt? Oder ist das nicht doch eher beleidigend, weil es dem Empfänger vermitteln könnte, dass man ihn für so arm hält, dass er sich Obst und Schokolade nicht leisten kann?

Ich starre zur Zimmerdecke und beschließe, das Beste aus der Ischia-Episode zu machen. Dann sage ich zu Siggi: „Während du das Meeting hast, schaue ich mir Neapel an." Siggi sagt: „Das ist gefährlich, ich frage Carlo, ob er dir einen Beschützer mitschicken kann."

Carlo ist der Geschäftsführer der Schwesterfirma und entstammt angeblich einer Mafia-Familie. Mit der er angeblich nichts mehr zu tun hat. Haha. Weil man ja bekanntermaßen als Mitglied einer Mafia-Familie einfach kündigt, wenn man nicht mehr mitmachen will. Wie einen normalen Job oder das Fitnessstudio. Haha. Wie naiv kann man sein? Ist das ein weiterer Hinweis auf die generelle Weltfremdheit von Siggi? Ich rolle mit den Augen, runzle die Stirn und sage: „Ich bin alleine durch wirklich gefährliche Gegenden weltweit gereist. Ich brauche keinen Mafiosi als

Beschützer." Damit ist das Thema für mich erledigt. Siggi schmollt.

Bei der Überfahrt nach Neapel schaukelt die Fähre, es ist noch hoher Wellengang vom Ostersturm; die Gischt spritzt über die Reling und einige Fahrgäste sind grün im Gesicht. Glücklicherweise werde ich nicht seekrank. Frohgemut gehe ich von Bord. Schon nach wenigen Metern bemerke ich einige junge Herren, die am Hafen herumlungern und mich beobachten. Na klar, denke ich, ihr seid Taschendiebe, ihr habt es auf mein Geld und meine Kreditkarte abgesehen. Über Tricks von Typen wie euch gibt es ja nun wirklich genügend Presseberichte. Oder vielleicht wollen sie mich nur kobern, wie man das auf dem Hamburger Kiez nennt – mit sanfter Gewalt, viel Gelaber und Hartnäckigkeit in eine Touristenfalle locken? Wo ich dann sündhaft überteuerte Pizza und als Rotwein getarnten Fusel verabreicht bekomme? Nein, nicht mit mir, Amici!

Ich umklammere meine Handtasche und schlendere durch verwinkelte Gässchen, betrachte ausgiebig Schaufenster und tue so, als würde ich die Jungs nicht bemerken. Ich gönne mir Dolce, Gelato und Cappuccino, gehe in Geschäfte, schaue mir Handtaschen, Seidentücher und Modeschmuck an. In der Altstadt von Neapel gibt es noch winzige Läden, in denen zierliche ältere Damen Spitzen, Litzen und Knöpfe verkaufen. Einer der Jungs, der aussieht wie ein Teenager mit frechem Mausegesicht, folgt mir in den Laden. Die alte Dame wird nervös und beobachtet ihn misstrauisch. Ich bemerke, dass sie etwas sagen will, aber dann fingert sie nur hektisch an den Spitzenborten herum. Ich halte weiter meine Handtasche fest und gucke Mausegesicht böse an. Schade, dass ich kein Italienisch kann. Also pampe ich ihn auf Englisch an, er solle abhauen. Er grinst und stellt sich neben den Ladeneingang. Seine Kumpels warten einige Meter entfernt. Ich strecke ihnen die Zunge raus und versuche sie abzuschütteln. Als dies nicht gelingt, gehe ich genervt zurück zum Hafen. Mit der nächsten Fähre tuckere ich zurück nach Ischia. Dieser Kurzurlaub steht wirklich nicht unter einem guten Stern.

Zurück auf der Insel stromere ich etwas herum. Es regnet schon wieder. Ich gehe zurück ins Hotel. Abends kommt Siggi von seinem Meeting zurück. Er sagt, Carlo habe leider keine Zeit, mit uns essen zu gehen. Carlo hin, Carlo her, mir egal. Vielleicht findet er den deutschen Geschäftspartner auch so langweilig wie ich und will sich drücken.

Dann fragt mich Siggi, was ich erlebt habe. Ich sage beiläufig: „Wurde von Taschendieben verfolgt." Siggi grinst. Da fällt bei mir der Groschen. Das waren die Nachwuchs-Mafiosi, die auf mich aufpassen sollten. Herzlichen Dank auch, Siggi, ihr habt mir das einzige Highlight dieses verfluchten Urlaubs versaut, meinen netten kleinen Ausflug.

Beim Auschecken an der Rezeption des Hotels kriege ich mit, dass alles von der neapolitanischen Schwesterfirma bezahlt worden war. Siggi tut überrascht und hinterlässt kein Trinkgeld für die Angestellten des Hotels, was zu erwarten war. Ich warte, bis er mit dem Koffer-Mann rausgegangen ist, lege meine letzten beiden Fünfeuroscheine auf den Tresen der Rezeption, bedanke mich und sage: „Tip for the staff." Die Rezeptionistin lächelt.

Auf dem Rückflug sitze ich stumm neben meinem Begleiter. Er blättert in einem Katalog des *Robinson Clubs* und zeigt mir Fotos von Anlagen, die ihm gefallen. Ich bleibe stumm. Dann droht er mit einem Kurzurlaub in einem *Robinson Club* auf Fuerteventura. Ich entgegne, dass ich schon mal dort war und dass ich mir eher ein Loch in den Kopf schieße, als da nochmals hinzufliegen, und dass ich diese ewige Buffet-Fresserei und das ganze Party-Gedöns zum Kotzen finde und dass dort nur Leute Urlaub machen, die über zu wenig Entdeckergeist und Phantasie und zu viel Kohle verfügen. Dann überlege ich, ob das jetzt zu drastisch und intolerant war und ich mich mal wieder daneben benommen habe und ob ich, statt mich vier Tage lang zu ärgern, besser gleich die Heimreise angetreten hätte. Definitiv ja.

Aber mal wieder hatte meine Trägheit das Kommando übernommen und ich habe mehr oder weniger stoisch ein Männer-Ärgernis ertragen, obwohl ich in den Typen, um ehrlich zu sein, sowieso nicht verliebt war, das war schon mal der Kardinalfehler. Und eigentlich war es auch nicht ganz fair. Hatte ich gehofft, überlege ich, dass sich irgendwie während des Urlaubs noch zarte Gefühle bei mir einstellen würden? Besteht hierfür eine realistische Chance, wenn man den potenziellen Partner sowieso nicht für den Knaller hält? Und vielleicht nach einer Gelegenheit sucht, die Beziehung aus einem guten Grund zu beenden? Einerseits war dieses Erlebnis ein Beweis dafür, dass man sich auf Reisen besser kennenlernen und anschließend zügig die Konsequenzen ziehen kann. Andererseits gibt es doch angeblich einschlägige Forschungen, die beweisen, dass Frauen in den ersten Millisekunden des Kennenlernens entscheiden, ob sie einen Mann attraktiv finden oder eben nicht, und ob sie es mit ihm wirklich versuchen wollen. Also hätte ich auf mein Bauchgefühl vertrauen sollen und hätte diesen ganzen Mafia-Ausflug sowieso nicht machen dürfen, sondern das ganze Siggi-Abenteuer canceln sollen. Vor dem Urlaub, am besten schon beim ersten Anblick von Siggi in den Anzügen von C&A. Mein Fehler.

Dann beschließe ich, wenigstens diesen Fehler nie mehr zu machen – eine Art Verliebtheitstest anzupeilen, dessen Ergebnis bereits feststeht. Das funktioniert weder im Urlaub noch zuhause. Es bleiben noch eine Menge anderer Missgeschicke, die in unserem alltäglichen Beziehungswirrwarr auf uns warten, und ich fürchte, sogar ich habe sie noch nicht alle durch. Ich bleibe am Ball. Wir werden sehen.

Zeitfracht Medien GmbH
Ferdinand-Jühlke-Straße 7
99095 Erfurt, Deutschland
produktsicherheit@kolibri360.de